沉睡的森林

眠りの森

東野圭吾
Higashino Keigo

葉韋利——譯

沉睡的森林

Contents

總導讀——林依俐

由不屈的堅持所淬鍊出的奇蹟

如果你問我，東野圭吾是位什麼樣的作家？

我會回答你，他是位不幸的作家。

你一定會覺得奇怪，光是以《嫌疑犯X的獻身》（二〇〇五）一書，便幾乎囊括了二〇〇六年日本推理文學相關獎項，同書在日本的銷售量更是打破五十萬大關的「暢銷作家」東野圭吾，怎會有什麼不幸可言？

在說明之前，請讓我先簡單介紹一下東野圭吾這位作家。

東野圭吾一九五八年生於大阪，大學畢業後進入汽車零件製作公司擔任工程師。由於希望在工作以外，也能在私生活之中有個較爲不同的目標，所以開始著手撰寫推理小說，投稿日本推理文學代表性的公開徵選長篇小說獎「江戶川亂步獎」。

這並不是東野第一次寫推理小說。早在他十六歲的時候，由於看了小峰元的作品《阿基米德借刀殺人》（一九七三，第十九屆江戶川亂步獎作品）大受感動，之後又讀了松本清張的《點與線》（一九五八）、《零的焦點》（一九五九）等作品。一頭推理熱的他便曾試著撰寫長篇推理小說，而且第一作還是以重大社會問題爲主題。然而由於完成於大學時期的第二作被周遭朋友嫌棄，「寫小說」這件事便從他的生活之中消失了好一陣子。

而獲得亂步獎的夢想讓東野重拾筆桿。在歷經兩次落選後，他的第三次挑戰——以發生在女子高中校園裡的連續殺人事件爲主軸展開的青春推理《放學後》（一九八五）——成功奪下了第三十一屆江戶川亂步獎。之後他很快地辭了工作，前往東京致力於寫作。自從一九八五年《放學後》出版以後，東野圭吾幾乎是每年都會有一到三部甚至更多的新作問世。他不但是個著作等身的多產作家，其筆下的內容也橫跨了推理、幽默、科幻、歷史、社會諷刺等，文字表現平實，但手法卻絲毫不拘泥於形式，多變多樣。

看到這裡，如果你對於近年的日本推理有一定程度的了解，或許你會聯想到宮部美幸——多彩的文風、平實的敘述、充滿令人訝異的意外性；但是在兩者之間卻又有著決定性的不同。

那就是——相對於宮部美幸出道約二十年來，陸續囊括高達十項的日本各式文學獎，筆下著作本本暢銷；東野圭吾卻是一直與日本的各式文學獎項擦肩而過，且眞正開始被稱爲「暢銷作家」，也是出道後過了十多年的事。

實際上在《嫌疑犯X的獻身》同時獲得直木獎與本格推理大獎，並且達成日本推理小說三大排行榜——「這本推理小說了不起！」、「本格推理小說BEST10」、「週刊文春推理小說BEST10」——前所未有的三冠王之前，東野出道二十年來所寫下的六十本小說（包含短篇集）裡，除了在一九九九年以《祕密》（一九九八）一書獲得第五十二屆日本推理作家協會獎之外，其他作品雖然一再入圍直木獎、吉川英治文學新人獎等獎項，卻總是鎩羽而歸。

在銷售方面，他也不是那種只要出書就大賣的暢銷作家。在打著「江戶川亂步獎」招牌的出道作《放學後》創下十萬冊的銷售紀錄之後（江戶川亂步獎作品通常都能賣到十萬冊），整整歷經了十年，東野才終於以《名偵探的守則》（一九九六）打破這個紀錄，而眞正能跟「暢銷」兩字確實結緣，則是在《祕密》之後的事了。

或許是出道作《放學後》帶給文壇「青春校園推理能手」的印象過於深刻，東野圭吾本人雖然一直想剝下這個標籤，過程卻不太順利。書評家往往不是很關心他在寫作上的新挑戰。這也難怪，在東野出道後兩年，也就是一九八七年，以綾辻行人等年輕作家爲首，提倡復古新說推理小說的「新本格派」盛大興起。從文風與題材選擇看來，東野圭吾作品用字簡單，謎題不求華麗炫目，內容既不夠社會派又不像新本格，自然不會是書評家熱心關注的對象。

就這樣出道十餘年，雖然作品一再入圍文學獎項，卻總是未能拿到大獎；多少有機會再版，卻總是無法銷售長紅；傾注全力的自信之作，卻連在雜誌的書評欄都占不到個像樣的位置。

所以我才會說，東野圭吾是個不幸的作家。說眞話這何止是不幸，實在是坎坷，簡直像是不當的拷問。

在獲得江戶川亂步獎後，抱著成爲「靠寫作吃飯」之職業作家的決心，東野圭吾辭去了在大阪的穩定工作來到了東京。這個決定使得他沒有退路，不管遭遇什麼樣的挫折，都只能選擇前進。於是只要有機會寫，東野圭吾幾乎什麼都寫。

二〇〇五年初，個人有幸得以見到東野圭吾本人並進行訪談時，曾經談到關於他剛出道不久時，在推理小說的範疇內不斷挑戰各式題材時期之心境。他是這麼回答的：

「那時的我只是非常單純地覺得自己必須持續寫下去，必須持續地出書而已。只要能夠持續出書，就算作品乏人問津，至少還有些版稅收入可以過活；只要能夠持續地發表作品，至少就不會被出版界忘記。出道後的三、五年裡，我幾乎都是以這種態度在撰寫作品。」

不過畢竟是背負著亂步獎的招牌出道，畢竟是身處日本泡沫經濟蓬勃、推理小說新風潮再起的八〇年代後半至九〇年代，向其邀稿的出版社當然也都希望東野圭吾能夠以「推理」爲主題書寫。配合這樣的要求，以及企圖擺脫貼在自己身上那「青春校園推理」標籤的渴望，東野嘗試了許多新的切入點，使出渾身解數試著吸引讀者與文壇的注意。於是古典、趣味、科學、日常、幻想，在他筆下似乎沒有什麼題材不能入推理，似乎沒有題材不能成爲故事的要素。或許一開始只是爲了貫徹作家生活而進行的掙扎，但隨著作品數量日漸累積，曾幾何時也讓東野圭吾在日本文壇之中，確實具備了「作風多變多樣」這難以被輕易取代的獨特性。

是的，東野圭吾是位不幸的作家。但也因此我們才得以見到，那些誕生於他坎坷的作家路上，由歷經幾多挫折仍不屈的堅持所淬鍊而成，在簡素之中卻有著數不清面貌的故事。以讀者的角度而言，能與這樣的作家共處同一個時代，還真是宛如奇蹟一般的幸運。

在推理的範疇裡，東野圭吾從不吝惜挑戰現狀。從初期以詭計爲中心的作品，漸漸發展出許多具有獨創性，甚至是實驗性的方向。其中又以貫徹「解明動機」要素（WHYDUNIT）的《惡意》（一九九六）、貫徹「找尋凶手」要素（WHODUNIT）的《誰殺了她》（一九九六）、貫徹「分析手法」要素（HOWDUNIT）的《偵探伽利略》（一九九八）三作，可說是東野在踏襲傳統推理小說元素之下，卻又充分呈現了屬於現代風貌的鮮麗代表作。

而出身於理工科系的背景，也讓東野在相較之下，比其他作家更擅長消化並駕馭以科技爲主軸的題材。像是利用運動科學的《鳥人計畫》（一九八九）、涉及腦科學的《宿命》（一九九〇）和《變身》（一九九一）、生物複製技術的《分身》（一九九三）、虛擬實境的《平行世界的愛情故事》（一九九五），還有之後以湯川學為主角展開的「伽利略系列」裡，東野都確實地將自己熟悉的理工題材，在分解組合後以最簡明的方式呈現在讀者眼前。

另一方面，如同「處女作是作家的一切」這句俗語所述，高中第一次寫推理小說便企圖切入當時社會問題的東野圭吾，由《以前，我死去的家》（一九九四）中牽涉兒童虐待的副主題為開端，對於社會人心的描寫，似乎也成了他作家生涯的重要課題。例如以核能發電廠為舞臺的《天空之蜂》（一九九五）、試探日本升學教育問題的《湖邊凶殺案》（二〇〇二）、直指犯罪被害人及加害人家屬問題的《信》（二〇〇三）和《徬徨之刃》（二〇〇四），都在在顯露出東野對於刻畫社會問題與人性的執著。

東野圭吾這種立足於推理，進而衍生至科技與人性主題上的寫作傾向，在發表於二〇〇五年的《嫌疑犯X的獻身》中，可說是達到了奇蹟似的調和，也因為這部作品，在二〇〇六年贏得各種獎項，讓東野圭吾正式名列「家喻戶曉的暢銷作家」之列。加上這幾年來，東野作品紛紛電視電影化，他的不幸時代成為過去，並站上前人未達之高峰。二十年來的作家生涯開花結果，創造了日本推理文壇近年來難得一見的奇蹟。

好了，別再看導讀了。快點翻開書頁，用你自己的眼睛與頭腦，去感受確認東野作品中理性與感性並存，而又如此引人入勝的獨特魅力吧！那將會勝於我在這裡所寫的千言萬語。

本文作者介紹

林依俐，一九七六年生。嗜好動漫畫與文學的雜學者。曾於日本動畫公司GONZO任職，返國後創辦《挑戰者月刊》並擔任總編輯，現任青空文化總編輯。

第一章

1

消息傳來，葉瑠子殺了人。

未緒握著電話話筒，緊咬牙根，心跳急遽加速，同時伴隨耳鳴。

「妳聽到了嗎？」

話筒那端傳來梶田康成模糊的聲音。未緒從來沒聽他說話這麼低姿態過，他似乎永遠都表現得自信滿滿。

「有。」未緒回答，但聲音嘶啞，簡直像卡了口痰在喉頭。她乾咳一聲，再次回答，「我聽見了。」

梶田靜默了一會兒，只聽到話筒那頭傳來他急促的呼吸。他的沉默彷彿意味著他亟欲清楚說明目前的狀況，卻偏找不到適當的言語。

「事情很嚴重。」

一段沉默之後，他說，「不過，應該不用太擔心，是正當防衛。」

「正當防衛……」

「是啊，所以不能怪她。」

未緒無言以對，想思考他話中的含意，腦袋卻無法運轉，只是一再浮現葉瑠子的模樣。

或許是因爲沒聽到未緒回答，梶田接著又說：

「其實是強盜闖進辦公室，然後她殺了那個強盜。」

強盜——未緒反覆呢喃，她對這兩個字毫無概念。

「總之，妳可以馬上過來一趟嗎？詳情等見了面再說。喂？妳在聽吧？」

「好……我知道了。」

電話掛斷後，未緒依舊一動也不動地握著話筒好一會兒。

她走到沙發坐下，習慣性地抱起旁邊的靠墊。一想到這是葉瑠子親手做的，抱著靠墊的手忍不住更用力幾分。

正當防衛——

這幾個字念起來感覺眞詭異，日常生活中從來用不到的詞彙。

未緒放下靠墊站起來，總之得過去一趟。她打開衣櫃，看看牆上的時鐘，剛過十一點。

高柳芭蕾舞團距離西武池袋線的大泉學園站徒步大約五分鐘，是一棟在圍牆內的鋼筋水泥兩層樓建築。未緒一到，就看見門前已經停了幾輛警車，旁邊圍了一群看熱鬧的人，全都伸長了脖子窺探屋內。

門口站著兩名制服員警。或許是想嚇阻那些看熱鬧的民眾，兩人都板著臉。

就在未緒猶豫不決時，旁邊有個人問她，「妳是芭蕾舞團的人吧？」說話的是一名身穿黑色西裝的高大男子。

見到未緒點點頭，他邊說邊走，「我也剛到，一起進去吧。」未緒從男子說話的口吻判斷他是警察。

他和站在門口的員警簡單交談幾句後，員警讓他們倆入內。

「我曾看過一次高柳芭蕾舞團的《天鵝湖》。」

年輕刑警走向建築物時說道，「當時是陪別人去看，剛開始不抱期待，但觀賞過程中卻被深深吸引。」

這時應該道謝吧，但未緒卻完全沒這個心情，反倒問說葉瑠子現在怎麼樣。只見他搖搖頭。

「我也還沒掌握狀況。」

「這樣啊……」

一走進建築物玄關，旁邊就是辦公室。幾名男子出出入入那扇門，年輕刑警向旁邊的中年男子介紹未緒。

「先帶她到會客室。」中年刑警交代。

年輕刑警窺探一下練習室，接著將未緒帶到會客室。

未緒到了會客室，發現這裡也有員警。刑警對員警說了幾句話後，逕自走向辦公室，表示要未緒到裡面等候。

「妳來啦。」

未緒一走進會客室就有人叫住她，是剛才通過電話的梶田，他身邊是芭蕾舞團的負責人高柳靜子。高柳抬起頭看看未緒，不發一語對她點頭示意。兩人都一臉疲憊。

「究竟是怎麼回事？」

未緒在兩人對面坐下，看著他們倆問道，「我眞是一頭霧水……」

梶田似乎想安定她的情緒，立刻伸直了右手，這就像芭蕾中表演啞劇時的柔和手勢。他是團裡的芭蕾教師，也是編舞師兼導演。

「冷靜點。」他先這麼說，「我從頭說起。」

「好的，請說。」

未緒舉起左手貼著胸口，輕輕閉上眼睛。調整呼吸後睜開雙眼，看著梶田。他也深呼吸一下，看著牆上的時鐘說：

「我想應該是十點半左右，我和高柳老師一回來，就發現葉瑠子和一名陌生男子倒在辦公室。」

「兩個人？」

「沒錯。而且那個男的額頭還流著血，更是讓我們感到雙重震驚。」

旁邊的高柳靜子或許因爲想起當時情境，一臉不舒服地皺起眉頭。

「葉瑠子很快甦醒過來，我問她發生了什麼事。據她說，那個男的趁沒人時溜進辦公室。其實稍早之前葉瑠子是跟我們一起到池袋和劇場經理碰面，之後她一個人先回來，沒想到和那名強盜撞個正著。她大吃一驚，但對方也嚇了一大跳吧，情急之下出手攻擊她。」

未緒想嚥口口水，卻發現口乾舌燥。

「接下來的事她好像沒什麼印象，總之只是拿起旁邊的花瓶，一股腦兒猛揮，等到她回過神來，對方已經倒在地上。因爲看他一動也不動，葉瑠子提心吊膽地搖晃了他幾下，才察覺他好像死了。這下子她大受打擊，也跟著暈過去。」

「暈過去……是這樣啊。」

未緒低著頭，沒來由地盯著自己的指尖。

「警方正在訊問詳細狀況吧。畢竟她先前情緒十分激動，沒辦法冷靜下來好好講清楚始末。」

這倒是，未緒心想。

「結果……那個男的已經救不活了嗎？」

未緒問道。

「聽說受傷的部位不太妙。」梶田回答。

「不過……」未緒舔舔嘴唇，「這麼說來，就不是葉瑠子的錯了吧。遇到這種狀況，任誰都會慌了手腳，對吧？再說，不反抗的話說不定自己有生命危險。」

「這我們也知道。」

這時，高柳靜子總算開口，「所以我們才認爲是正當防衛，就看警方信不信了。」

她說完用右手食指按著太陽穴，似乎強忍著頭痛。

「請問，葉瑠子在哪？」

「現在應該在辦公室裡。大概正在向警方說明案發狀況吧，好像叫做現場蒐證的步驟。」

梶田邊回答邊瞄了站在門口的員警一眼。

蒐證——這個硬邦邦的字眼，聽來莫名地超現實，從來沒想過自己會跟這個詞彙扯上關係。

「跟其他人聯絡過了嗎？」

「通知了葉瑠子老家的人，他們應該明天一大早就會過來。也打了電話給事務局長報告，我想他待會兒就會到。此外，也請主要團員各自聯絡，但要他們先別過來，來了只會更混亂。」

「亞希子呢？」

「打給她了。她嚇了一大跳，直嚷著要過來，但要是高柳的首席女舞者出現在這種場合，到時引來一群記者就麻煩了。她聽完我的顧慮也接受了。」

這的確是適切的判斷，未緒也點頭同意。

就在說明狀況的同時，事務局長坂木到了。看來他是匆匆忙忙離開家裡，來不及整理稀疏的頭髮。

「現在狀況如何？」

坂木推了推金邊圓框眼鏡，拿著白手帕猛擦汗，隨即在梶田旁邊坐下。

梶田將剛才對未緒的說明又重複一遍，一字一句都讓坂木的眉頭皺得更深，他搔著頭，似乎急著想理出頭緒。

「原來是這樣啊。好，我懂了，媒體那邊我會設法。只要先拿『正當防衛』當擋箭牌，博取社會同情，之後情況就有利多了。警方也不希望出現刺激社會大眾的舉動，影響辦案。」

「那就麻煩你了。」

高柳靜子一臉祈求地看著坂木，未緒也抱著相同心情。

「我會盡力。總之，請老師留意，務必謹慎發言。啊，還有妳也是。」

聽坂木這麼說，未緒也點點頭。

「我趕快找律師。話說回來，葉瑠子這女孩眞倒楣。」

坂木說完後起身，匆匆忙忙走出去。

「倒楣啊……眞是這樣呢。」

目送坂木離開之後，梶田低喃道。

倒楣的女孩——未緒也靜靜思考其中的意義。

齋藤葉瑠子和未緒從小一起長大。兩人的故鄉都在靜岡，老家距離也很近。

未緒五歲開始學芭蕾舞，起初她到附近的齋藤芭蕾舞教室上課，那是葉瑠子的叔叔、嬸嬸經營的舞蹈教室，葉瑠子也去那裡學舞。

兩人一下子就成了好朋友。雖然還有其他學生，但她們倆就是莫名互相吸引。未緒心想，大概因爲兩人很相像吧。因爲她們都是屬於比較文靜的類型，在人群中不太顯眼。

不過，論起芭蕾舞，未緒和葉瑠子卻格外突出。

因爲兩人同年，一起進入小學就讀。她們總是相偕上學，放學之後也一同前往芭蕾舞教室。

中學畢業後，兩人一起進入東京的高中，目的就是想進入高柳芭蕾舞學校。未緒和葉瑠子決心成爲專業舞者。

兩人高中時晉升爲正式團員。她們總是形影不離，也是彼此的勁敵。

「眞希望有一天我們倆能合演《天鵝湖》。一個人演白天鵝，另一個就扮黑天鵝。」

未緒曾這麼提議過。兩人同台飆舞——過去一想到此就激動得顫抖的夢想，終於近在眼前。

葉瑠子的「倒楣事」，發生在半年前。

未緒坐在葉瑠子車上的副駕駛座上。葉瑠子剛買車，正是開心享受駕駛之樂的時期。

當時下著小雨，地面有些溼滑，天色昏暗，能見度又差。加上葉瑠子的車速也有些快。

在這幾項條件下，面對突如其來衝出馬路的孩子，她沒能來得及反應。當然，最後她沒讓那名兒童受傷，因爲她在千鈞一髮之際用力一轉方向盤。只是，急打方向盤加上緊急煞車，造成車體打滑，從側面撞上路旁的電線杆。

接下來的事未緒記不得了，可能因爲撞擊造成腦震盪。等到回過神來，自己已經躺在醫院病床上。聽護士說了事情來龍去脈後，她連忙活動四肢，她還記得，當確認手腳沒有異狀時，她打從心底鬆了一口氣。

但葉瑠子沒能躲過一劫，她右膝關節脫臼了。

「自作自受。」

葉瑠子摸著打上硬石膏的腿，自嘲地笑著說，「太掉以輕心了。還被高柳老師和我媽他們狠狠罵了一頓。舞者果然不應該自己開車。」

「還好只是輕傷，也算不幸中的大幸。」

「這倒是。不過我聽到妳沒事才眞正放心，萬一害得妳也沒辦法跳舞，我眞不知道該怎麼辦才好。」

「這妳不用擔心啦。」

未緒微微一笑，當天就出院了。

想保持一副跳芭蕾舞的體態相當不容易，據說就算只休息一天都會有影響。對於得度過一段長期休養的葉瑠子而言，想恢復原先的狀態，必須付出更多的努力。等她能站立之後，便在辦公室幫忙處理一些行政事務，同時重新練舞。有時她甚至比其他人早到練習室，練習到最後才離開。這樣不知道經過幾個月，還是遠遠不及出意外前的實力。這也讓未緒再次了解到，長期休養的可怕。

「眞想趕快復原，跟未緒一起跳舞。」

這是她最近的口頭禪。

「是啊，快點歸隊吧。」

未緒這麼回答。

但如果警方不認爲這是正當防衛的話——

未緒想起今天白天和葉瑠子交談時的情景。兩人聊著動畫電影、邦喬飛，還有倫敦。未緒一想到葉瑠子說不定得入監服刑，簡直坐立難安，這時怎麼還能乖乖坐在這裡呢！但她無能爲力。

一籌莫展地等了一會兒，房門終於打開，剛才在辦公室門口見到的那名中年男子走進來。男子身材雖然矮小，肩膀相較之下卻很寬闊，不會讓人覺得肥胖，臉很細長，雙眼閃著光芒。

在他身後還跟著一個人，就是剛才帶未緒進來的刑警。這個人年輕多了，看來三十歲左右，五官輪廓很深，同樣有著銳利目光，讓未緒對他留下精明幹練的印象。

自稱太田的中年男子說，他們倆都隸屬警視廳搜查一課，又對梶田他們說，「剛才多謝協助。」想必先前已經問過幾次案情了。

太田刑警問了一下這棟建築物的門戶狀況，以及日常的生活形態。高柳靜子向他說明，早上十點到下午五點左右，都是芭蕾舞團的練習時間；從五點到八點則是芭蕾舞教室的上課時間。今天因爲是星期日，所以沒排課程。至於辦公室的辦公時間是從早上九點到下午五點。

這棟建築的二樓是靜子的房間，原則上她一個人住。之所以說「原則上」，是因爲她女兒高柳亞希子偶爾會過來留宿。兩人沒一起住的原因，好像是不想在舞團負責人和舞者的關係上衍生出複雜的私人情感。

從這些狀況可知，平常都由靜子檢查門戶。

「今天也練習到五點嗎？」太田發問。

「聽說稍微延後一下，到六點左右結束。」靜子回答。

「也是等到團員離開，由妳鎖上門戶嗎？」

「不是。今天我跟梶田有其他事，五點左右就出門了，所以我請齋藤鎖門。我們跟齋藤約好八點在池袋碰面，我想她應該是最後一個離開大樓的吧。」

「誰有這裡的鑰匙？」

「只有我和我女兒亞希子。」

「那麼，齋藤小姐要怎麼鎖門？」

「我把自己的鑰匙交給她。後來我們在池袋分手時，她一個人先離開，我的鑰匙仍寄放在她那裡。」

問了這些事情之後，太田轉向未緒。

「妳是淺岡未緒小姐吧。」

他問了未緒和葉瑠子之間的關係。

未緒將兩人從小到現在的相處過程，盡可能詳盡說明。太田看來只是慣例提問，但他身旁那名年輕刑警卻一臉認眞，頻頻點頭。

「妳們倆有十幾年的交情啊。」

太田一副感慨地搖頭晃腦後，「那麼，淺岡小姐。」他再次正視未緒，「在妳眼中的齋藤小姐是個什麼樣的人呢？比方說，個性急躁，或是容易激動？」

「葉瑠子的個性絕對不急躁。」未緒說得斬釘截鐵，「她這個人總是很冷靜，也不輕易動怒，相當穩重。」

說到這裡，未緒發現這麼一來或許會對葉瑠子不利。於是趕緊補充說：

「但如果遇到小偷突然闖進來，她應該也會亂了手腳。」

不知道是不是對未緒的掩飾感到可笑，太田嘴邊泛起一抹苦笑。但那名年輕刑警的眼神依舊嚴肅。

「這樣啊。對了，妳見過這張照片裡的男人嗎？」

太田讓她看一張拍立得照片，照片裡是一個緊閉雙眼的男人。一想到這是死人，難免覺得不太舒服，但照片看起來只像是睡著了。

男人蓄了鬍鬚，所以看上去有點年紀，但未緒心想他實際年齡大概不到三十歲吧。或許是閃光燈的影響，男人臉色顯得蒼白，卻不像生病。

沒見過，她回答。

「這樣啊，嗯，應該是吧。」

太田似乎話中有話，說完後把照片塞回西裝內袋裡。未緒見狀問他：

「請問，結果會怎麼樣呢？」

「妳問的是……？」

「葉瑠子會怎麼樣？會被逮捕嗎？」

太田聞言，一瞬間別開目光，顯得有些遲疑，接著緩緩斂起下巴沉吟。

「不管什麼原因，畢竟都讓人送了命。還是得先逮捕再說。」

「請問，罪名是殺人嗎？」

她的聲音顫抖。

「嗯，理論上是這樣。」

「請等一下！」

梶田突然開口，「齋藤應該說過了，是那個男人先行攻擊，難道這樣不構成正當防衛嗎？」

「嗯。只能說成立的可能性很高。」

「可能性很高……你意思是她說謊嗎？」

「不，我們也想相信她。不過，凡事都要講求證據，只要有了證據，就沒問題。」

要有什麼樣的證據呢——未緒正想問太田時，發現他低頭看著自己的記事本，於是將目光轉向旁邊那位年輕刑警。兩人四目相交，他凝視著未緒，不發一語，輕輕點了下頭，彷彿在說「不要緊」，讓未緒頓時沒來由地感到心安。

接下來一段短暫問答後，偵訊總算告一段落。

「之後應該還會有些問題，到時候還麻煩協助調查。我們今天就先告辭了。」

兩名刑警站起身，「請問……」未緒開口叫住，兩人回頭看著她。

「我想見見葉瑠子。」

兩人同時露出意外的表情。之後太田搔搔頭對她說：

「不好意思，今天不行，因爲我們得先帶她回警署。」

「今天不行的話，什麼時候可以呢？」

太田一臉爲難，拍了拍脖子。

「現在沒辦法告訴妳確切時間，得看接下來的進展。」

「……這樣啊。」

太田逕自轉向走廊，年輕刑警也跟在前輩身後，卻在走到門口時轉過頭說：

「相信她一定很快就能回來。」

說完之後，他行了一禮，走出房間。

未緒在沙發上挺直背，梶田康成開口了，「他說的沒錯。」語畢點了根菸，「這不可能不是正當防衛，警方一定馬上就會查清楚的，不用擔心。」

他像是要說服自己似的，邊說邊不斷點頭。

搜查員離開，未緒等人也決定先各自回家。梶田住得很近，直接走路回去就可以，但未緒得搭電車。在梶田的交涉下，由員警送她回家。

未緒走出玄關在外頭等候時，先前那位年輕刑警走上前，最後好像由他護送。和員警單獨同行令她覺得彆扭，但知道換成這位年輕刑警後，她頓時放心多了。

未緒跟在他身後，只見他往停在路邊一輛四四方方的深藍色車子走去，接著先打開副駕駛座車門，說了聲「請上車」。

「是這輛車？」

「是的。有什麼不對嗎？」

「沒什麼……」

未緒靜靜地上了車。先前聽到由員警送她回家，還以爲一定是搭警車。她坐在副駕駛座上，環顧車內，並沒有任何特殊之處。

刑警坐上駕駛座後發動引擎。

未緒平常不開車，自然對路況完全不了解，只請對方送自己到車站附近，而離她住處最近的，是富士見台站。

「跳芭蕾舞好玩嗎？」

等紅綠燈時，刑警主動問她。

「嗯，很開心。」未緒答道，「芭蕾舞等於我的人生。」

「眞令人羨慕。」

刑警說完後，又開動車子，「我的意思是妳能這麼肯定，光這樣就已經是一項資產了。」

未緒瞥了他的側臉一眼，然後目光又轉回擋風玻璃。眼前是一條昏暗的小路，但由於他良好的駕駛技術，坐在車上感覺還不差。

「法律中有正當防衛的特例。」

刑警突如其來開口。未緒看著他，不解地反問，「嗯？」

「竊盜防止及處分相關法，簡稱竊盜防治法，其中有一條條文是正當防衛的特例。」

「嗯。」未緒回答。

「簡單解釋一下條文內容，就是對於行竊侵害，因恐懼、驚嚇，以致在過於激動下殺害的行爲，不予處罰。」

「葉瑠子的狀況就符合這種條件吧。」

刑警沉默了一會兒回答，「的確符合。」

「前提是能證明她所說的都是事實。」

「葉瑠子不會說謊。」

「眞的嗎？但目前沒有任何證據證明她的供詞，如果證明不了就無法嚴肅看待那份供述——目前我們警方的態度就是這樣。」

「那怎麼行……」

「所以，當務之急就是釐清死者爲什麼會出現在芭蕾舞團的辦公室。只要證明他潛入是爲了竊盜，案子立刻就會被駁回，妳的朋友也將受到不起訴處分而獲釋。但目前的狀況還搞不清楚死者的目的。」

「一定得完全弄清楚才行嗎？」

「要看目的而定。還有，一旦釐清那名男子確實潛入辦公室，還襲擊妳朋友……」

「正當防衛就能成立吧。」

「是的，一般來說是這樣。」

「一般來說是什麼意思？」

未緒提出疑惑，但刑警面朝前方，沒有回答。

逐漸接近富士見台站時，她也認出附近的道路，「前面右轉，接下來左轉。」開始指引起方向。年輕刑警總在簡短應答「好」之後打著方向盤。

他在大樓旁停下車子。原本要下車送未緒上樓，但未緒婉拒了，理由是怕被其他人看見引來閒言閒語，刑警也沒再堅持。然而，事實上她並非在乎鄰居異樣眼光，只是不習慣有人送她回家。

「晚安。」

未緒下車時，他道了晚安。她向他道謝之後，看著他說，「請問……」

「刑警先生貴姓？」

這時他總算展現微笑，微微露出雙唇間的白牙。

「敝姓加賀。加賀百萬石的加賀。」

「加賀先生。」

未緒在腦中寫下這兩個字，再次深深行禮。

2

加賀回到位於荻窪的公寓時，已經深夜兩點多。送淺岡未緒回家後，他直接回住處。

這棟公寓是採用木質牆板工法的兩層樓建築，上下樓各四戶。他的住處在上了外側階梯後的第一間。今天稍早曾回來過一次，才剛喘口氣就接到電話。

一打開門，點亮燈之後映入眼簾的是單調的一房兩廳。他的家具和日用品本來就少，加上整理得井井有條，更讓人有種冷冰冰的感覺。

他拾起丟在玄關的晚報和郵件，挾在腋下走進浴室後，點燃加溫器。他每兩天清洗一次浴缸，今天剛好是不必清洗的日子。

加賀鬆開領帶，在榻榻米上盤腿坐下。把晚報放一邊後，先迅速看著一封封郵件。有房屋仲介的廣告信，大學劍道部的聯誼會通知，還有一封航空信件。

他隨手把廣告信扔進垃圾桶，接著看到航空信件的正面後，感到有些意外，因爲他認得信封上工整的字跡。仔細看著寄件人的英文姓名，果然不出他所料，是大學時的女友。

從信封中抽出兩張淺藍色信箋。簡單開頭後，敘述她目前因爲工作到了澳洲，除此之外什麼都沒寫。一年裡大概會收到她一、兩封信，每次都一樣的結尾。「無論如何，務必保重身體」。空了一行之後是她的署名，最後是字體略小的「致加賀恭一郎先生」(*1)。

加賀將聯誼會通知和航空信件一起收進書桌抽屜裡，對他而言，兩者都是來自過去的消息。放信件的同時，他從下一個抽屜裡拿出一本筆記本，翻開新的一頁，拿起原子筆做了以下的紀錄。

四月十日，星期日，練馬區東大泉的高柳芭蕾舞團辦公室內發生一起殺人案。我駕駛自用車直接前往，於二十三點二十五分抵達現場。被害人身分不明，嫌犯是該芭蕾舞團團員兼行政人員，齋藤葉瑠子（二十二歲）。

加賀憶起葉瑠子那雙清澈的眼睛，複習了一下今天這起案子。

太田是加賀所屬小組中的資深刑警，當加賀趕抵現場時，這位前輩早已到了。剛接到消息時，聽到是一起殺人案後，心情反倒輕鬆，因爲知道兇手是誰。他心想，只要接下來釐清兇手的確是正當防衛，問題很快就能解決。雖然警視廳搜查一課派了太田和加賀來支援，實際上應該不至於設立搜查總部。

*1 日式書信寫法會將收信人寫在最後。

「如果能這麼簡單就好了。」

太田攏了攏稍亂的頭髮，低聲沉吟。這位前輩的特色就是隨時都很謹慎。

穿過玄關，進入走廊後右側就是案發現場，也就是舞團辦公室的門口。將近五坪的空間中央，有六張辦公桌面對面分成兩排，門口的另一側則是一扇鋁門窗。

男子恰好倒在門與窗中間一帶的位置。頭部朝向門，呈大字臥倒在地。

當晚請來東都大學法醫學研究室的安藤副教授驗屍，聽取副教授的意見後，掌握狀況如下：

男子身高一百七十五公分，中等體形。頭部側面有一處凹陷傷口。葉瑠子供稱拿來砸人的花瓶是青銅材質，瓶頸直徑約兩公分，底部則約八公分，和傷口對照之下，顯示和瓶底形狀一致。看來這只花瓶應該就是凶器沒錯。

「傷口顯示受到一次重擊。」

做筆記的搜查員聽到副教授的說明，立刻點點頭。如果重擊多達兩次以上，很可能就是過當防衛。

男子身穿深灰色短夾克、黑色長褲，腳上是褐色皮鞋，鞋底卻是橡膠，具功能性。檢查過他的隨身物品後，發現長褲左邊口袋裡有條格子手帕，右邊口袋裡則裝了零錢。沒有足以確認身分的物品。

接下來是男子的潛入途徑。只見現場辦公室的窗戶有一扇打開，窗框溝縫沾著土。至於窗戶是怎麼打開的，目前還不清楚。

此外，窗戶下方地面土質鬆軟，在地上找到幾枚腳印，和男子所穿的褐色皮鞋鞋底一致。沿著足跡搜尋，推測男子是從玄關前通過建築物側面來到辦公室旁。

潛入室內之後的行動不明，現場並沒有翻箱倒櫃的痕跡。

待搜查員掌握大致狀況後，便將在其他房間等候的齋藤葉瑠子找來，要她再敘述一次殺害男子的過程。

一看到被帶進來的葉瑠子，加賀覺得這女孩眞是漂亮，恐怕在場所有搜查員都有同樣的感想吧。瓷器般白皙的肌膚，清晰分明的兩道眉毛和一雙細長大眼睛，搭配得恰到好處。一眨眼，眼角濃密的睫毛便跟著微微顫動。只是不知道是激動或緊張，她的臉色蒼白到像是病了，緊閉的雙唇毫無血色，和她一頭過肩長髮形成強烈對比，讓加賀聯想到水墨畫裡的美女。

「請再說明一次。」

帶著她進來的轄區搜查員說道。

葉瑠子拿起手帕遮在唇邊，閉上眼睛緩緩深呼吸。

「今天晚上我跟著靜子老師和梶田老師，到池袋一家咖啡廳跟中央劇場的經理碰面，不過快十點時，我一個人先回來。」

「爲什麼呢？」太田問她。

「因爲有一些文件明天之前得準備好，所以我就先離開了。」

「是什麼樣的文件？」

「我們的團員中有幾個高中生，帶她們到外縣市公演時必須先向學校請假。但只要由舞團開出課外學習的證明文件，就不算缺課。那些文件得在明天前整理好。」

她的聲音很悅耳，音質成熟。說起話來重點清晰明快，語調流暢。加賀心想，眞是個穩重的女孩子。

「原來是這樣。然後呢？」轄區警署的搜查主任小林警部補接著問。小林是個頭髮半白的中年紳士型人物。

「我直接搭電車回來，記得到辦公室是十點十五到二十分左右。我打開玄關門鎖進屋，鑰匙是高柳老師寄放在我這裡的。」

葉瑠子說，她一打開辦公室的燈就直覺不對勁，似乎桌上和櫃子看起來跟平常有種說不上來的差異。

她提心吊膽走進去。

當她走到窗邊，那名男子突然從桌旁冒出來，她在過度驚嚇下似乎連尖叫都忘了。男子抓起旁邊桌上的剪刀，朝著葉瑠子衝上來。

「我好不容易躲開後，抓起旁邊的花瓶，然後就拚命亂揮。」

「揮動的力道很大吧？」小林問她。

她緩緩搖著頭。

「不記得了。之後一睜開眼，就看到那個人倒在地上，我擔心地仔細一看，才發現他的頭好像受傷……接下來的事沒有印象，大概就這麼昏倒了。」

說到這裡，她緊揪著手帕，又低下頭。

「那個男人拿的剪刀原來是放在哪裡？」太田問道。

「好像就放在他原本藏身的桌子上。」

「妳拿的花瓶呢？」

「在那上面。」

她指著櫃子上方。

之後搜查員依照她的供述演練一次。整個過程並無不自然之處，連花瓶的位置也在可順手抓到的位置。

「只是單純的竊盜吧？」

等她出去之後，一名比加賀年長幾歲的刑警說。

「不，應該不是吧。」

太田提出異議，「很難想像有人為了錢財溜進芭蕾舞團的辦公室。再說，這個男人的服裝雖然不講究，卻也不是便宜貨。我不認爲他像缺錢缺到會鋌而走險。」

「那麼，是爲了什麼呢？」搜查主任問道。

「誰知道。」太田偏著頭思索，「爲了什麼呢？」

「總之，當務之急是確認男子身分。還有，明天早上開始在附近展開正式調查。」

小林做了總結。

之後加賀和太田聽了在另一個房間裡的相關人士說明狀況。加賀對那名叫做淺岡未緒的女子抱著濃厚興趣，聽說她是齋藤葉瑠子的密友。她不像葉瑠子是個大美女，但五官也挺可愛，雖說同年，看來卻比葉瑠子年輕兩、三歲。她擔心好友被定罪，不斷以求救的眼神望著加賀等人。

大概三個月之前，加賀和上司撮合的相親對象一起看了場芭蕾舞演出，就是高柳芭蕾舞團的《天鵝湖》。第一幕在好奇心與舞台華麗色彩的推波助瀾下，倒還興致勃勃觀賞，但一換到第二幕，整片鬱藍的色調中，搭配一首首旋律平靜哀傷的樂曲，讓加賀終於忍不住打起瞌睡。中場休息時，相親對象的不悅明顯寫在臉上。他在心裡苦笑想著，看來自己睡得很不像樣，如果對方因此不願繼續交往也好，反正他從一開始就沒興趣。

加賀原本以爲第三幕也會睡著，沒想到舞台上的氣氛又出現了變化。先前只有身穿白衣裳的白天鵝一角獨舞，這時出現了另一名穿著黑衣的舞者。依照故事內容，這好像是橫刀奪愛，搶走白天鵝心愛王子的反派角色。反派黑天鵝和王子在舞台上滿場飛舞，中間有一段持續反覆幾十次的旋轉，似乎正是本劇精采之處，整個會場響起熱烈掌聲。加賀也被這段傑出的表演感動，忍不住鼓掌，看得目不轉睛。

高柳芭蕾舞團的首席女舞者是飾演白天鵝的高柳亞希子，加賀鍾情的卻是飾演黑天鵝的舞者。她具有一種讓加賀動心的特質。

她就是淺岡未緒。

加賀心想，希望能助她一臂之力。

「明天開始有得忙啦。」

加賀解下領帶，一邊喃喃低語。

3

未緒度過不成眠的一夜。早上看著鏡子裡的自己，肌膚乾巴巴，雙眼紅通通，唇色不均，似乎一下子老了十歲。

但葉瑠子的這一夜想必過得比未緒等人糟得多，被警方帶走後，會在什麼樣的地方過夜呢？未緒毫無概念，但總覺得「拘留所」這幾個字給人陰暗、冰冷、滿是塵埃的印象。

未緒和葉瑠子租了間兩房兩廳的公寓一起住。未緒走出自己房間，朝葉瑠子的房間瞥了一眼，整理得乾淨清潔的床鋪，一如昨日。

這太難受了，未緒對著葉瑠子的床鋪低喃。

她當然沒有食慾，只喝了一杯柳橙汁就準備出門。瞄了一下報紙，昨晚的案子還沒看到相關報導。她打開電視，在政治新聞之後，針對案子有簡短說明。「接下來石神井警署將進一步確認男性死者的身分——」

未緒關掉電視，甩了甩頭。不要緊的，葉瑠子才不會被判刑，那位叫加賀的刑警說過，一般說來不會有問題。

一般說來——這句話又讓未緒耿耿於懷。

正準備好要出門時，門鈴響了。從門上貓眼往外窺探，門外是太田和加賀兩人。未緒隨即打開門。

兩名刑警要求查看葉瑠子的房間。未緒沒理由拒絕，便領著他們進去，問了自己該做什麼時，太田回答：

「可以請妳待在這裡嗎？可能有些事要請教妳。」

兩人走進葉瑠子的房間後，開始從置物櫃、梳妝台抽屜仔細檢查，不放過任何一個角落。尤其特別在意照片類的物品。

「你們懷疑那名男子可能是葉瑠子認識的人嗎？」

未緒站在房門口，低頭看著兩名刑警問道。

「我們的工作就是質疑各種可能性。」太田回答。

「你的意思是，葉瑠子也可能故意殺了那個人……」

聽到未緒這麼說，蹲著查看相簿的加賀站起身。

「請問有電話簿嗎？」

「通訊錄放在電話旁邊。」

他聽了，迅速環顧客廳，看到電話後便大步走過去，拿起放在旁邊的通訊錄啪啦啪啦翻閱起來。

「這本通訊錄借用一下，今天之內歸還。」

「不用調查這些吧，那個人跟葉瑠子毫無關係，我不是說過了嗎！而且既然我不認識，葉瑠子也不可能認識的。」

未緒走到加賀面前，抬頭望著他，滿懷懊惱的情緒讓她快掉下淚來。

加賀凝視她的雙眼後，平靜地說：

「我相信妳。但光相信是沒有用的，要讓正當防衛成立，就要針對所有狀況一一質疑，然後全部排除。這一點請妳諒解。」

他雙手搭著未緒的肩膀，點了點頭。

太田和加賀幾乎將葉瑠子的物品滴水不漏地檢查過一次。書本、雜誌、錄影帶、高中畢業紀念冊、烹飪筆記、信件及賀年卡——所有找得到的物品。之後，未緒也讓他們看看自己的房間，在沒找到任何能和死亡男子扯上關係的線索後，他們才總算死心。

另一方面，他們發現了幾張其他男子的照片。有那人的獨照，也有和葉瑠子的合照，芭蕾舞團團員的大合照中也看得到他。

「這個人是誰？」太田問道。

「我們芭蕾舞團的舞者。」

未緒說了那名舞者的名字。

「他跟齋藤小姐是什麼關係？」

聽加賀這麼問，未緒搖了搖頭。

「妳都沒聽說過什麼嗎？」

「我從來沒聽過葉瑠子主動談論他，不過不難想像。」

加賀點點頭，將那些照片一併放進自己的公事包裡。

未緒擺脫那兩個刑警，抵達芭蕾舞團時，已經快中午了。建築物周圍還看得到警察，大門旁有幾名看熱鬧的圍觀者，看到未緒想走進去，紛紛好奇盯著她。

辦公室目前依舊禁止進入。未緒通過前方往練習室張望，只見柳生講介朝她走過來，舉起手示意；未緒也揮手回應，她先前在刑警檢查葉瑠子的房間時已經打過電話說會晚點到。

未緒到更衣室換了衣服後，走進練習室。做熱身操時，柳生走過來，他額頭上閃著汗水，雙頰泛紅。只有表情僵硬這一點，和平常不同。

「我今天早上去了石神井警署。」他說。

「去警察局？」

「我想見見葉瑠子。我跟承辦人員說，我是芭蕾舞團的團員。」

「結果呢？」

「有個擺架子的警察跑出來，講了一大堆推托之詞，也不知道他的重點是什麼，總之現在還不能見她。」

「這樣啊。」

現階段警方以涉嫌殺人逮捕葉瑠子，在這種情況下，就算團員直接到警署，相信也沒那麼容易能見到葉瑠子。

「嗯，原先倒也不是沒想到會這樣。」

柳生重新綁好頭上的髮圈，對未緒說，「昨天很辛苦吧。」

「眞的很辛苦。」

未緒坦言。

「我也想趕過來，但梶田老師交代我千萬別這麼做。」

「還好你沒來，反正也見不到葉瑠子。」

未緒邊伸展邊回答。

「反倒會覺得焦躁不耐嗎？對了，現在怎麼樣？警方有可能認定是正當防衛嗎？」

「不知道。不這麼認定就糟了。」

柳生隔著髮圈搔搔頭，右手拳頭重擊左手掌心。

「眞煩。有什麼我們能做的嗎？」

「今天早上警察來過，還帶走你的照片。」

「警察帶走我的照片？」

他豎起拇指指著自己，緩緩點了一下頭，「這樣啊，所以也會來找我嘍，說不定到時可以掌握到一些狀況。」

就在他喃喃自語時，傳來梶田宏亮的喊聲，「柳生，換你嘍。」

高柳芭蕾舞團正爲一週後的公演做最後準備。這次的舞碼是柴可夫斯基作曲的《睡美人》。高柳芭蕾舞團第一次將這齣戲搬上舞台，光是這個原因就讓大家繃緊神經，緊鑼密鼓展開特訓。

這部作品是改編自夏爾．貝洛的童話故事，故事敘述奧蘿拉公主中了邪惡精靈卡拉波斯的詛咒而昏倒，幸而得到紫丁香精靈的助力，只是沉沉睡去。百年之後，一名王子現身將她喚醒……

整齣戲中包括爲奧蘿拉公主慶生的精靈群舞、奧蘿拉公主十六歲生日的獨舞，以及奧蘿拉公主和德西耶王子的婚禮等，華麗絢爛的場景一幕接一幕。尤其在第三幕中，貝洛童話中那些最受歡迎的角色，像是小紅帽與大野狼、穿長靴的貓，奧爾努瓦夫人童話中的青鳥和佛洛麗娜公主都會出場，熱鬧氣氛達到最高潮。

未緒飾演的是第一幕出場的六精靈之一，還有第三幕的佛洛麗娜公主。就舞團的立場，當然希望這次公演圓滿成功，未緒本身也想演好這個角色。因爲對目前的她而言，這場公演在某種程度可說是她的一切。

舞者在梶田的指導下練習，並不因爲輪到他人表演而漠不關心，所有人對其他舞者的表現都全神貫注地觀察。即使前一天有團員遭到逮捕，練習的狀況也毫無改變。

幾個人練習起跳華爾滋的情節。梶田銳利的目光掃向每一名舞者的舞姿，大多時候他都以嚴厲的字眼訓斥。

現在正在跳的幾個人之中，也包括森井靖子。梶田盯著靖子的姿勢，幾秒鐘都沒作聲，接著提醒她旁邊那名年輕舞者雙腳的位置。至於靖子，什麼也沒被糾正。

森井靖子是前輩，比未緒等人多了三年左右的經驗，但她爲人低調，絲毫感覺不到前輩的架子，對每個人都謙恭有禮。她具備高超的舞蹈技巧，有很多未緒等後輩值得學習的地方，但她最致命的缺點就是有時會出現要不得的失誤。舞者有兩種，一種是即使平常練習跳得很棒，到了正式上台卻無法發揮；另一種是在排練時不怎麼樣，一上了舞台就讓人眼睛一亮。森井靖子就是典型的前者。

然而，她對芭蕾舞投注的熱情無人能比。以前她的身形屬於豐滿型，現在卻瘦到兩頰顴骨清晰可見。雖然她本人否認，但傳言她為了跳舞，經歷過一段相當嚴苛的瘦身過程。

「未緒，妳來啦？昨晚眞抱歉。」

跳到告一段落的靖子一跑到未緒身邊就先道歉。

「怎麼這麼說？」

「因爲我沒能過來，讓妳一個人面對這麼糟的狀況……我實在擔心得不得了，但老師交代我別過來。」

「別這麼說，我什麼也沒做。」

未緒搖搖手。

「是嗎？聽妳這麼說，我就放心了。」

靖子歉疚地皺著眉，「不過，下次有什麼事記得通知我，我會馬上趕來的。」

好的，未緒回答。

靖子好像還想再說什麼，但當她的視線望向遠處後，突然僵住不動。未緒順著她的目光看過去，發現高柳亞希子來到練習室中央。不止靖子，其他團員的目光也全聚焦到她身上。當然，亞希子飾演的正是奧蘿拉公主一角。

亞希子擺好姿勢。在錄音帶的樂曲流洩之前的一瞬空白，未緒嚥了口口水，接著感覺到這一刻已經全然不同。美麗的容貌，加上日本人少見的骨架，無疑是亞希子的一大武器，除此之外她還具備更重要的特質。

樂曲一響起，她的手腳便應聲動了起來，動作正確且優雅。纖細神經直達指尖的演繹能力極富魅力，舉手投足充滿活力，令人震撼。

無法超越這個人，永遠都不可能——不知道確認了多少次，日復一日。

未緒曾問過亞希子，她表現能力的根源來自何處。雖然當時用的不是「根源」這麼聽起來鄭重其事的詞彙，總之大致的意思就是這樣。

「沒有啊。」

亞希子想了想，這麼回答。口吻出現少見的冷淡。

「什麼都沒有？」

未緒意外地反問。

「是啊，什麼都沒有。我心裡沒有任何堅定的信念之類，永遠都是空蕩蕩的。」

「但我每次看著妳的舞蹈都很感動。」

謝謝妳，她回答。但臉上沒露出半點喜色。

「目前看來的確還不錯，但接下來就不確定了。」

「爲什麼呢？」

「因爲心裡空蕩蕩的。」她解釋，「也可能突然有一天什麼都表現不出來，就算現在突然遇到這一刻也沒什麼好奇怪的。不——」

她搖搖頭，語氣變得非常憂鬱，「或許現在已經陷入這種狀況吧。搞不好我相信的詮釋多半只是做個樣子而已。」

亞希子陷入沉思，然後又突然對未緒笑了笑，「這不是妳期待的答案吧，應該說些更實際的才對。」

別這麼說，我覺得獲益良多，未緒也笑著回答。

有幾件事在在說明就算以全世界的標準來看，亞希子也是相當傑出的舞者。其中一項是她獲得國際性的芭蕾舞大獎，此外，有幾名世界級的舞者還曾經指定她同台演出。

但未緒最尊敬亞希子的一點，就是她對芭蕾舞的態度。她平常的練習比任何人都密集，花的時間更長，而且目標比誰都遠。如果能持續努力不懈也算一種天分，這一點亞希子也毋庸置疑是天才。

只不過，亞希子本身不喜歡「尊敬」這兩個字。她說自己不是這種人。

「但我認爲很值得尊敬。而且妳爲了芭蕾舞犧牲了一切，才有今天的成績。」

先前聊到這個話題時，未緒隨口提起。因爲心裡本來就這麼想，所以說出口時也沒特別考量用字遣詞。

「爲什麼這樣說？」

亞希子卻變了臉色，「爲什麼會歸納出這種道理？」

未緒有些慌了，她覺得好像說了什麼不該說的，卻又不知道哪裡說錯。

「就像妳說的，我犧牲了很多。」

亞希子帶著乾澀的聲音說道，「但這爲什麼值得尊敬呢？跟犧牲多少沒有關係吧。假設有另一個人，跟我有著完全相同的體形，跳舞的技巧一模一樣，但幾乎沒做過任何犧牲，妳就不覺得這個人偉大了嗎？」

「倒不是這樣。」

未緒努力整理腦中混亂的思緒，「只是妳爲了芭蕾舞可以做任何犧牲，我很崇拜這樣的態度。」

沒想到亞希子看著未緒，露出了落寞的笑容。

「犧牲其實沒那麼偉大，切割、捨棄，這樣就結束了，然後逃進芭蕾舞的世界裡。」

未緒低著頭沒作聲。亞希子將手搭上她的肩膀，「不過我非常了解妳的心情，謝謝妳。」

我很尊敬妳，未緒又說了。妳還眞是堅持，這次亞希子開懷地笑了。

「不對！」

梶田康成拍了幾下手，未緒回過神來。亞希子停下舞步，曲子也先暫停。

「不是這樣，要我講幾遍。」

他針對手部動作、雙腳步伐一一檢討。這是一條不歸路，永遠都得追求更好的境界。

4

離開齋藤葉瑠子和淺岡未緒同住的公寓後，加賀跟太田前往案發現場附近，加入盤查舞團周邊的工作行列。四處詢問有沒有人目擊過男性死者，或是案發當時有沒有人聽見、看見什麼狀況。

結果問出有一家咖啡廳，男性死者可能在昨天傍晚光顧過。那家店距離芭蕾舞團大約二十公尺，女店員對男子的長相及服裝有印象。

「他的鬍子讓人印象深刻，而且感覺跟一般人不太一樣。」

一臉稚氣卻化個大濃妝的女店員，一邊找著長髮分叉，一邊說道。

「怎麼說跟一般人不太一樣？」加賀問她。

「嗯，那人看上去還滿有格調的，但又不是趕流行的那種。感覺像攝影師、作家，總之就是自由創作者的感覺。」

「妳記不記得他進到店裡的時間？」
太田這麼問，女店員冷笑一聲。
「怎麼可能記得。只知道是傍晚左右，好像坐了一個小時吧。」
「他做了什麼？」加賀又發問。
「嗯，好像就只是喝杯咖啡，看看外頭吧，我不太記得了。」
「他坐在哪個位子？」
「那邊。」女店員指著靠窗的一張雙人座。加賀坐下一看，這位子正好能監視高柳芭蕾舞團大門的狀況。
「他是不是在等待溜進去的時機呢？」
走出咖啡廳時，加賀問道。
「很有可能，但我納悶的是，他離開咖啡廳的時間和眞正潛入舞團有一段差距。那段空檔他人在哪裡？做什麼呢？」
女店員雖然不記得正確的時間，卻肯定男子最晚在七點前已經離開咖啡廳。
接著繼續到附近查問，沒什麼重大收穫。
傍晚時，加賀和太田到芭蕾舞團等待練習結束，在會客室和柳生講介見了面。柳生的五官就像長大後的美少年，和全身隆起的肌肉顯得很不協調，讓加賀覺得有些奇特。

太田問了他和葉瑠子的關係後，他很乾脆地回答。

「我喜歡她，我想她也不討厭我吧。」

說完對刑警投以挑戰的眼神，似乎想表現出無所畏懼。

「可以將兩位視爲情侶嗎？」

加賀一問，他聳了聳肩。

「如果你要這麼想也無妨，但如果她不承認，那也沒辦法。」

「兩位還沒論及婚嫁嗎？」加賀繼續問。

「八字都還沒一撇呢。舞者要結婚會面臨很多問題，還得考慮到生小孩的事，像現在靠打工維生也養不起一家人。」

接著他滔滔不絕，說一般人對芭蕾舞者的印象，大多都是富豪敗家子，這實在是毫無根據的妄加推測。

「兩位想過遲早會結婚嗎？」

太田問他。

「嗯，遲早會吧。但這也要等她點頭，否則一切都不算數。」

這倒是，加賀微笑回答。

「昨天晚上你在哪裡呢？」

聽到加賀的問題，柳生的雙眼一瞬間又浮現警戒。

「為什麼要這麼問？」

「確認一下而已。我們希望掌握所有資訊，才能釐清昨晚這裡到底發生了什麼狀況。」

柳生似乎對加賀的說詞有些不滿，雖然不情願，還是交代了昨晚的行蹤。結束練習課程後，他和團員一起吃晚飯，接著又到車站附近的酒吧小酌之後才回家。離開酒吧時將近十點半，十一點左右到家。

「一起吃飯的團員是哪位？」

「紺野健彥。我們團裡舞者第一把交椅。」

加賀在記事本上記下這個名字。

「對了，你認識照片上的人嗎？」

太田把那張男子照片遞到柳生面前。或許感覺不太舒服，柳生噘了一下嘴之後立刻回答，沒見過。

「請仔細想想，不一定跟芭蕾舞有關，有沒有在齋藤小姐周圍看過相像的人？」

「沒有。如果是我和葉瑠子認識的人，也不可能擅自闖入辦公室吧。」

說到最後，言詞中已經明顯帶著怒氣。

加賀和太田離開芭蕾舞團後，回到石神井警署。其他團員則由另外的搜查員訊問。

他們先到刑事課一趟，男子身分還沒確定。比對過指紋，卻沒在前科犯中發現符合的對象。至於申請協尋的離家人口中，目前也還沒找到符合敘述的。電視新聞和報紙已經大幅報導整起案件，但至今仍無親友出面相認。

「從男子的服裝看來，很難想像是臨時起意的竊賊，他一定跟芭蕾舞團有什麼淵源。」

搜查主任小林無精打采地喃喃自語。

「今天偵訊過齋藤葉瑠子了嗎？」

聽太田一問，小林邊搔著頭，點了下頭。

「跟昨天的供詞一模一樣。也沒特別否認她殺人，但我看不可能再從那女孩身上問出什麼新內容了。」

「當務之急還是得確認男性死者的身分。」

「沒錯。」

小林撫摸著滿是鬍碴的下巴。只要一天不弄清被害人的身分，就不能判斷葉瑠子供詞的眞僞，這麼一來就無法決定如何處置，自然也無法釋放她。

這天晚上，鑑識科傳來現場腳印的相關報告，確實和男子鞋印吻合，步幅對照男子身高也很合理，加上從鞋底磨損狀況推測行走的習慣，也和留在現場的腳印深度一致。也就是說，從科學的角度來看，窗戶下方的腳印的確是男子留下的。

「這麼說來，可以確定男子是從窗戶潛入辦公室。但他的目的呢？芭蕾舞團的辦公室裡有什麼值得偷的嗎？」

小林沉吟。

決定了隔天要開始朝男子身上的短夾克和長褲這條線索調查，今天就到此解散。但加賀還有其他工作，他還要確認柳生講介的不在場證明。

他在大泉學園站下車，走向南側出口，看著地圖卻沒發現符合描述的店。他在同一個地方來回走了好幾次，這才看到一棟舊大樓的地下室好像有個類似倉庫入口的大門。跟防火門差不多的店門上，畫了一隻小蜘蛛，蜘蛛腹部寫著更小的幾個字——「ＮＥＴ　ＢＡＲ」。

他暗自忖度，反正裡頭一定都是些來路不明的傢伙在鬼混，沒想到一打開店門，沒想到裡頭還挺雅緻的。一座閃爍黑色光澤的吧台，和兩張桌子。蓄著鬍鬚的老闆站在吧台裡面，正拿著刀子切東西。店內有兩名顧客，占據了其中一張桌子，看來像是上班族的年輕男子。

加賀在老闆面前坐下，點了一杯波本威士忌加冰塊。

仔細一看，老闆年紀也不小了，如果是在一般公司上班，說不定差不多要退休了。不論是鬍子，或是整個往後梳的頭髮，其中都夾雜著灰白，顯得醒目。

加賀看到他正在切小黃瓜。低聲說了想沾點美乃滋一起吃，老闆便把小黃瓜裝在碟子裡，附了美乃滋一起端出來。

「你認識一個叫柳生的人嗎？」

加賀用牙籤插起一塊小黃瓜問道。

「你是說跳舞的柳生先生？」老闆回答。

「是的。他是常客嗎？」

「是啊，那幾個跳芭蕾舞的常來。」

「跳芭蕾舞的？你是說高柳芭蕾舞團的團員嗎？」

是呀，老闆答道。

這麼說來，柳生和團員來的是這家店嘍。

加賀問了昨天他們來到店裡的狀況，老闆的證詞和柳生的供述並無不同，十點半之前都在這裡。

搜查員中有人提出，葉瑠子是不是在袒護男人。畢竟女人承認行凶比較容易主張是出於正當防衛，這可能是兇手和葉瑠子的陰謀。

只不過，目前看來柳生暫時沒問題，如果他在十點半之前都還在酒吧，就不可能在案發時間出現在現場。

「請問你是刑警嗎？」

加賀陷入沉思時，老闆突然問他。口氣中沒有戒心，只是隨口詢問職業寒暄。

「是。」加賀說，「就昨天那件案子。」

老闆聽了點頭，低聲說，「我就知道。」

「不過呢，幸好那女孩沒受傷，只要沒受傷就還能再跳舞吧。」

「是這樣嗎？」

「當然。他們那些人最愛惜自己的身體，最怕的就是不能再跳舞。這麼說是有點殘忍，但舞者不能跳舞的話，活著也沒意思了。」

「原來是這樣。」

啜了一口波本威士忌，加賀心想，從這個角度來看，就比較能理解齋藤葉瑠子的行徑。一看到對方持刀，很可能她的強烈下意識就是告訴自己千萬不能受傷吧。加上她曾經因爲車禍傷了腳，這種恐懼應該比其他人多上一倍。

當然，這些推論成立的前提是，她的一切供述屬實。

兩名上班族離開後，顧客只剩加賀一人。這時他再次環顧店內，視線停在角落的一件懷舊物品上。木質台子上放了一架足球機，這種遊戲機是透過操縱桌台側面突出的橫桿來帶動桌台上的選手，玩法就像眞正的足球賽，設法把球射進敵對的球門。

加賀端著酒杯，走到足球台旁邊，抓起操作桿動了幾下。將橫桿前後滑動，選手也會跟著移動，轉動橫桿，選手便能當場來個空翻，並利用空翻的力道踢球。雖然球台年代久遠，卻保養得很好，橫桿完全沒有卡卡的感覺。此外，這還是兩隊各有十一名選手的正統機台。場內有個小球，加賀試著輕輕傳球，卻沒想像中容易。

「技術還不賴嘛。」

老闆笑著說。

「以前常玩啊。但不怎麼高明，對戰選手明明靜止不動，還是很難順利射門。」

「這有訣竅的。」老闆回答。

這時，店門打開，傳來幾名男女的聲音。加賀循聲望去，走進來的是柳生講介一行人，淺岡未緒也在其中。

最先發現加賀的是柳生，他表情僵硬，瞪了加賀一眼。

「原來是這麼回事。」他說道，「這算不在場證明的蒐證嗎？」

除了柳生和未緒之外，還有兩名男女。加賀心想，這兩人一定就是高柳亞希子和紺野健彥。亞希子有一對雙眼皮的大眼睛，唇形也很美。那長相看上去就有一股首席芭蕾舞伶獨特的高貴氣質，和感覺有些精明幹練的紺野呈現強烈對比。

四個人在離得稍遠的桌子坐下。

「練習到現在才結束嗎？」加賀問道。

一時之間沒人回答，一會兒才由紺野代表開口。

「練習結束一起來吃個飯。」

「跟昨天一樣嗎？」

「是啊。我跟柳生是這樣沒錯。」

加賀點點頭，看看未緒和亞希子。

「那麼，昨晚兩位練習結束後呢？」

「我直接回住處。」

亞希子回答後，未緒跟著說，「我也是。」

「如果能證明就更好了。」

「證明……」

亞希子一臉爲難，伸手碰了碰下巴，偏著頭思索。

「沒關係，我只是隨口問問。」

說完之後，加賀的視線又落回足球台上。他也不想掃了人家飲酒作樂的興致。

他繼續練習傳球，卻發現有人站在球台對側。一抬起頭，看到淺岡未緒正抓著操作桿。

「請老實告訴我。」她說道，「警方究竟想怎麼處理昨天那起案子呢?是想把葉瑠子當成殺人犯送進監獄，還是證明正當防衛後釋放她？」

加賀停下動作看著她的雙眼，未緒隨即低下頭。他再往桌邊望去，其他三個人似乎也在等他回答。只有酒保一個人靜靜地在切東西。

「我們的工作，」加賀解釋，「是要了解到底發生什麼事。只要能釐清一切，檢察官和法官就會做出適當的結論。」

「聽起來倒冠冕堂皇。實際上難道不是先做出假設，再以調查來試圖驗證嗎？」

柳生瞪著加賀說道。

「你說的假設是什麼呢？」

「這我就不知道了。」柳生聳聳肩。

「我們對齋藤葉瑠子這名女子一無所知，視她爲一張白紙，因此才必須追查眞相。別忘了，相信我們就等於相信她。」

說完他扭動操作桿，只見中鋒迅速旋轉，將小球踢進敵方的球門。

5

案發三天後，終於確認了男子的身分。一名女子出面指認死者可能是她的男友。

女子名叫宮本清美，居住在埼玉縣，自稱打工族。據她說因爲男友下落不明，才向埼玉縣警提出協尋，警方便出示一張照片，問她是不是這個人。

石神井警署的年輕搜查員和加賀陪著清美到了地下室的太平間。她才看了一眼，立刻就像抽搐似地「噫」的一聲，然後放聲哭喊，「怎麼會這樣！」加賀等人向她確認，她只是一味哭著呻吟，「怎麼回事！為什麼會這樣！」

警方設法讓她心情恢復穩定後，再帶到刑事課角落的會客室，進一步詢問詳情。話雖如此，她的情緒依舊相當激動，不時說著說著又哭了起來，警方花了好一段時間才掌握到大致狀況。

根據清美所說，男子名叫風間利之，今年二十五歲。在地方上的美術大學畢業後，沒找到固定工作，一邊打工一邊進修。清美就是在那時認識他，至於她自己則是短期大學畢業，目標是成為演員。

風間在兩年前曾為了學畫隻身到紐約，在當地生活了一年左右才回日本。他似乎很喜歡在那裡的生活，還存了錢打算隨時再去。而案發當日正好是他出國的前兩天。

「去紐約的前兩天嗎？」

小林一問，清美答道，「是的。」一面將淚水溼透的手帕摺好。

「聽說他這次計畫去一個月左右。」

「原來如此，那妳是怎麼發現他下落不明的呢？」

「我們先前講好出發前要再見一面，但我怎麼等都沒等到他的電話，所以打了電話給他，結果都沒人接。我雖然覺得不太對勁，可是他有時候很難以捉摸，我想他可能暫住在朋友家吧。」

「不過到了出發當天也沒消息，妳都沒發現異狀嗎？」

「我是覺得怪怪的，卻又心想說不定他改變行程，早就出發了。怎麼想得到他被殺了……」說到這裡，清美又哽咽了，花了好幾分鐘才能繼續對答。

「後來又爲什麼報案協尋呢？」太田問她。

「我想他到了那邊應該會馬上跟我聯絡，但也沒等到，所以才好奇到他住處看看。結果發現玄關堆了好幾份報紙，照理他會在出發前先停訂報紙，這時我才覺得事情不對勁……」

「所以妳就到埼玉縣警報案嗎？」

清美用手帕按住眼睛，用力點點頭。

太田和小林對看一眼，偏著頭尋思。「這是怎麼回事？」

「妳最後一次見到他是什麼時候？」

加賀問清美。她把手帕從臉上拿開，想了一會兒回答，「應該是他預定出發的前三天。」

也就是案發前一天。

「那時他打算三天後出發，是吧？」

「嗯，是的。」

「旅費已經湊足了嗎？」

「那當然。如果沒錢，他也不可能過去。」

「他大概有多少積蓄？」

「嗯，我不太清楚……應該有兩百萬吧。」

聽到這個回答，加賀看看幾位前輩的表情。如果清美所言屬實，風間利之似乎不缺錢。

「你們最後一次見面時，他有沒有說過出發前還有哪些事要處理的？」小林問她。

「就是我剛說的，要停訂報紙，還有向房東打個招呼之類。」

「沒提到要去芭蕾舞團一趟之類的嗎？」

她聽了之後，一瞬間似乎忘了悲傷，兩眼睜得大大的，「我不太懂你說的芭蕾舞團是什麼意思。」她答道。

「他爲什麼會去芭蕾舞團……我覺得他應該連高柳芭蕾舞團的名字都沒聽過吧。」

「他對芭蕾舞沒興趣嗎？」

加賀問完，她旋即搖搖頭，「完全沒有。」

「我因爲立志當演員，所以學過一點芭蕾舞，但從來沒跟他聊過這類話題。」

這時加賀又看了其他搜查員的表情，大家都是一臉困惑。

這天，加賀一行人前往風間利之位於吉祥寺的住處。就像清美說的，門上信箱裡塞滿報紙，更多塞不下的則堆在旁邊。

房間裡看得出來打掃得格外乾淨，角落則放著行李箱和運動背包。鑑識人員在室內採起指紋，加賀等人則檢查行囊裡的物品。

行李箱中除了衣物之外，還有畫具、書本和日用品。運動背包裡則有衣服、護照、駕照，另外隨便塞了一只裝有三千八百塊美金現鈔的信封。兩件行李看來都還沒完全整理好。

搜查員接著將室內徹底檢查過一遍，目的是想找出風間利之和高柳芭蕾舞團，或是和齋藤葉瑠子之間的關聯。

「主任，找到這個。」

翻查抽屜的刑警交給小林一張小紙片。

「是芭蕾舞表演的門票。」

小林低聲沉吟，把票拿給太田看，一旁的加賀也湊上來。薄薄的藍色紙張上印著：

天鵝湖　全幕　一九八×年三月十五日　下午六點〇〇分　××音樂廳　主辦．高柳芭蕾舞團　GS席一樓九排十五號

「日期是去年。」太田說道。

「是啊。」

「如果依照宮本清美所說，風間利之應該對芭蕾舞沒興趣。」

「看起來不是這樣。」

小林把門票交給其他搜查員。

但是除此之外，再也找不到其他和芭蕾舞團有交集的物品，也沒有顯示他和齋藤葉瑠子或別的團員有關的證據。

另一方面，當天晚上鑑識人員提出指紋相關報告，在風間利之的住處並未發現與案件相關人士——各芭蕾舞團員一致的指紋。

風間利之曾觀賞過高柳芭蕾舞團的演出——這就是唯一的交集。

隔天起，警方針對風間利之展開徹底調查。他工作的地點是一間位於新宿的設計事務所。有一陣子他也在吉祥寺的小酒吧打工上夜班。搜查員分別前往調查當時在每個工作場所中和他接觸過的人。

這天，加賀和太田又來到了芭蕾舞團。他們先見到高柳靜子，她清楚表示沒聽過風間利之這個名字。

「不一定要和芭蕾舞有關，在其他地方對風間這個姓氏有沒有印象？」

太田進一步追問，但靜子始終挺直著背脊，閉上眼睛搖了兩、三下頭。

「我對這個姓氏也不熟悉。話說回來，我們不可能認識這種當小偷的人吧。」

「倒不是這麼說，據我們了解，風間潛入的目的應該不單是竊盜。這一點妳有什麼看法嗎？」

「沒有。」

靜子說得斬釘截鐵。

走出會客室時，太田轉過頭露出苦笑。

「人家說的冷若冰霜，就是這個樣子吧。」

「看來她對於我們沒有釋放齋藤葉瑠子一事還懷恨在心。其他搜查員也說，那些團員的態度一天比一天冷淡。」

「唉，這份工作本來就不討喜呀。」

之後太田要向局裡回個電話，遂走進辦公室。舞團行政人員已經回到這個房間裡辦公了。

加賀在等候太田時，朝練習室張望了一下。平常總有一大群人在練習，現在好像是午休時間，跳舞的只有一個人。仔細一看，正是淺岡未緒。加賀靜靜打開門，在角落的圓椅坐下來。未緒播放錄音帶樂曲，配合著曲子跳舞。這首曲子加賀也聽過，卻不知道是誰的創作。他確定這是古典樂，只是自己沒這方面的知識。

即使如此，他還是完全被她的舞姿深深吸引。只見她的肢體就像萬花筒一般，與其說配合樂曲，更像是和曲子合而為一，舞姿千變萬化。她全身上下有時若行雲流水，下一刻又充滿活力。旋轉、跳躍、抬腿，舉手投足都像在對觀者傾訴。更進一步仔細觀察，發現她的動作精準得嚇人。旋轉時軸心絕對不會偏離，換到下一個動作時也不會拖泥帶水。光想到具備這樣的技巧和體力，加上維持所付出的努力，讓加賀忍不住再次驚歎。

未緒突然停下動作，迅速得就像個機器人一樣，錄音帶的曲子還在播放，她卻走到錄音機旁，切下開關。抬起頭來後，略顯詫異，她似乎這時才察覺到加賀的存在。

「你在這裡很久了嗎？」

「嗯，有一會兒了。怎麼突然停下來呢？」

未緒對加賀的詢問默不作聲，一臉不安地低著頭，然後抓起掛在橫槓上的毛巾披在背上。加賀隨即走上前。

「眞了不起，看得我好佩服。」

聽他一說，未緒停下腳步，直盯著他。

「佩服？」

「是啊，不能佩服嗎？覺得自己欣賞到一場精采的舞蹈。」

她認眞凝視著加賀，眨了眨眼，過一會兒才露出微笑說，「謝謝。」

「剛才跳的是什麼曲子？」

加賀的問題好像太簡單，反而讓她納悶。

「剛剛那是《睡美人》裡的一段嗎？」

加賀換個問法後，未緒總算聽懂，點了點頭。

「是啊。就是佛洛麗娜公主獨舞的那段。」

加賀不太懂得其中的意義。

「什麼時候演出？」

「下星期天，在東京廣場表演廳。」

加賀從口袋拿出記事本，把這件事記下來。

「你說之前看過《天鵝湖》，對吧。」她問道。

「是的，當時妳身穿黑衣。」

「我演的是黑天鵝奧蒂莉。」

「對，沒錯！我覺得好精采。那到底是怎麼辦到的……我是說眞的。」

未緒低下頭，然後當她的眼神再次注視著加賀時，表情已經罩上一層陰影。

「請問，還不能釋放葉瑠子嗎？」

這次換成加賀閃避她的目光。

「現在還有很多事情沒弄清楚。對了——」

他拿出風間利之生前的照片，「這個人就是死者，他姓風間，妳聽過嗎？」

她立刻搖搖頭，「沒有。」

「目前多數意見認爲，風間利之想竊取的，應該是現金以外的物品。所以我想請教一下，在芭蕾舞團裡最貴重的東西是什麼呢？也就是可能遭竊的物品。」

未緒轉動眼珠子，望向加賀，但當兩人眼光一接觸，她又將視線移開，似乎正沉思著加賀拋出的疑問。

結果，她還是搖搖頭。

「想不到有什麼會被偷。這裡明明什麼都沒有。」

「這樣啊。」加賀說道，「我想也是。」

「勉強要說的話，」她接著說，「大概就是舞者吧。對每個芭蕾舞團來說，最重要的資產就是舞者。」

「是嗎？」加賀點點頭，「說不定眞是這樣，舞者就是芭蕾舞團之寶。」

「但舞者是沒辦法偷走的。」

「眞可惜。」

說完之後，加賀再次看著她，「妳眞是這個芭蕾舞團的寶。」

未緒聽了露出極淺的微笑。然後閉上眼，輕輕搖了一下頭。

「很難說吧。」

加賀感覺到，在這一瞬間，她的心似乎向著另一個世界。

這時傳來叩叩叩的敲門聲，加賀一轉過頭，看見太田打了個手勢。於是他向未緒行了一禮示意。

她輕輕頷首，低喃道，「再見。」

離開芭蕾舞團之後，加賀和太田向芭蕾舞公演的幕後相關單位打探消息，包括負責舞台設備和燈光的幾家公司。由於風間利之立志成爲畫家，警方特別針對舞台設計這方面詢問，同樣沒問到值得關切的消息。

「幹麼這麼麻煩呢？」

反而只招來這類批判的眼光，「這一定是正當防衛嘛，何必調查死者做了什麼，倒是該趕快釋放齋藤小姐，讓她脫離這些倒楣事。」

另一方面，風間這邊的調查也持續進行，卻沒找到任何和高柳芭蕾舞團的交集。問過和他比較親近的人，大家的說法也都一致，無法想像風間會和芭蕾舞團扯上關係，甚至根本沒聽過他聊起這類話題。

此外，大多數證人談論起他，最後一定都下了這樣的結論。

「絕不相信他會溜進別人家裡偷東西，其中一定有誤會。」

從風間母校的老師口中還聽到這類評語：

「他是個正義感強烈的人。」他的高中導師這麼說，「總之，他最討厭那些不正當的行爲，或是不講道理的事，遇到這種狀況，不管對方是誰他都會上前理論一番。雖然偶爾有些矯枉過正，但平常個性很好，也很風趣。」

大學時的朋友和教授也都說了類似的話。而周遭的人對風間利之的印象，至今也幾乎沒什麼改變。

搜查員頭暈腦脹。愈深入調查愈找不出風間利之潛入高柳芭蕾舞團的理由。

直到案發五天後，加賀才察覺到高柳芭蕾舞團和風間利之幾乎可稱得上是唯一的共同點。

高柳芭蕾舞團經常會送優秀的舞者到國外留學，留學期間便進入紐約的舞團進修，而當地的舞團和風間之前旅居時所住的公寓距離非常近。

也就是說，他在國外時或許接觸過高柳芭蕾舞團的舞者。

「我還發現另一件事。」

加賀看著小林和太田說道，「在風間住處找到的那張芭蕾舞表演票根，日期是一年前的三月。也就是說，當時他剛從紐約回來不久。照理說風間原本對芭蕾舞完全沒興趣，爲什麼會臨時起意?我認爲原因可能就出在他旅居紐約的那段期間。」

小林等人也贊同他的意見，並以此爲基礎，訂出搜查的方向。首先，列出高柳芭蕾舞團的舞者中，可能曾在紐約和風間接觸過的人。調查之下馬上找出兩名符合條件的舞者，一個是紺野健彥，另一個則是梶田康成。

如果不將前年到去年這段期間列入考慮條件的話，那麼又多了幾人，包括高柳亞希子在內。但齋藤葉瑠子和淺岡未緒沒去過紐約，她們留學的地點是倫敦。

警方決定針對紺野和梶田做更周詳的調查。因爲如果彼此認識，或許回到東京之後也曾見過面。

這麼一來，當然也得調查一下在紐約時的狀況。在那個全球性的犯罪都市裡，不確定當地警方能配合到什麼程度，但還是請警察廳代爲轉達，希望對方能進行調查。

所有能想到的方法都一一嘗試。

加賀和太田加入查案的行列，連續好幾天到處奔波。近來因爲工作或求學前往紐約的日本人愈來愈多，據說這些人到了當地，自然想和日本同鄉聚在一起，說不定其中有人認識風間利之。話雖如此，總不能一個一個慢慢清查，所以先列出近期曾去過的美術界相關人士，但即使如此，人數也相當可觀。

「那個城市就是這麼有魅力。」

一名自稱版畫家的瘦削青年，面有菜色，眼睛卻炯炯有神。「對立定目標的人來說，那個城市到處都有數不盡的靈感，看到什麼都想吸收，都想帶回來，事實上卻辦不到。就好像拿著吸塵器想把沙漠清乾淨一樣，難如登天。在那裡，每個人都能找到自己的結論，都能找到努力的目標。另一方面，對於那些漫無目的的人而言，那個城市可以讓人忘掉非得朝向目標邁進的壓迫感，因為每天都能期待不同的刺激，這種人也會有另一種想法，希望可以永遠住在那邊。」

他的說明讓加賀認同地點著頭，接著問道：

「你為什麼回來日本呢？」

青年聽了立刻板起一張苦瓜臉。

「靈感數也數不盡，卻找不到答案。偶然發現這一點時，忍不住想逃避，所以我就回來了。目前剛好處於這個階段，我想過一陣子就會想通吧，然後再踏上尋找靈感的旅程，重複同樣的迴圈。」

「眞是個具有魔力的城市啊。」

「一點都沒錯。」

加賀拿出風間的照片，問他在紐約時是否見過這人。年輕版畫家說，他在當地跟日本人沒什麼交集。

當然，每個人對紐約的印象都不同，有像這位版畫家的體認，也有人認為那只是一個可怕的地方。

「家兄被紐約吞沒了。」

三天前才剛接到兄長死訊的女子冷漠說著。加賀原本是來找那位「家兄」的。

「家兄六年前到那邊學畫，原先預定兩年就要回國，但始終沒回來，還在信中寫著『就當我不回去了』。最後一封信是去年夏天寄的。結果，三天前接到和家兄住在同一棟公寓的日本人打來的電話，說他在房間裡自殺了。」

「自殺的原因是什麼呢？」

「不知道。」她搖搖頭，「家父已經出發到當地領回遺體，可能會問問狀況。但我想大概沒什麼特別的動機吧。」

之後，她又低吟著同一句話——家兄被紐約吞沒了。

加賀問她，是否曾在兄長的來信中看過風間利之這個名字。她回答，「沒有。」

加賀等人並不是和每個受訪者都能有這樣深刻的談話，其中也有人只說了句「紐約好棒！」然後完全沒內容的。或許該說這種人才占了大多數。只不過共同點就是面對加賀等人的詢問，一概都是不認識那名叫做風間利之的男子。

「看來只能寄望大海另一端的同行了。只是對方到底能多認眞看待，還是個大問號。」

太田望著東京灣的方向，拿起咖啡杯啜了一口。今天大老遠跑來濱松町，因爲風間利之有個朋友住在這一帶。那名男子知道風間曾到紐約，但對他在當地的生活一無所知。

「不如我們主動派搜查員過去？」

太田一聽到加賀的建議便揚起嘴角。

「到時候你要自告奮勇嗎？」

「那當然。」

太田忍住沒笑出聲。

「日本刑警跨海大顯身手啊，眞像警匪連續劇的特別版呢。」

「您平常還看警匪劇？」

「我偶爾會看，挺有趣的。而且通常得在一個小時內解決，所以線索會不斷冒出來。」

「跟現實眞是天差地遠。」

「還用你說。」

太田點了根菸，朝天花板慢慢吐了一口煙，「你對那個芭蕾舞團有什麼看法？」

「總覺得有點可疑，卻又沒什麼不自然的地方。」

加賀腦中沒來由地浮現淺岡未緒的臉龐。

「我也這麼覺得。話說回來，芭蕾舞團和社會上一般狀況比起來，本來就怪了點。像那個高柳靜子也是怪胎，明明是個富家女卻不結婚，一輩子全花在芭蕾舞上。」

「聽說亞希子是她的養女。」

「是她堂姊的女兒。好像因爲賞識那孩子芭蕾舞方面的才華，就收她當養女，從小竭盡所能栽培，現在成了高柳芭蕾舞團的台柱。不過，有這種經歷的不止她一人，紺野健彥和齋藤葉瑠子也一樣，他們人生的優先順位都是芭蕾舞。說穿了，他們的世界光靠彼此維繫就可完成。這種人呢，是沒辦法跟藝術之外的世界產生連結的。」

「這話聽起來是偏見。」

「你應該最清楚，我說的不是偏見。你也知道我曾經跟其他的芭蕾舞團扯上關係吧。對了，我看你跟淺岡未緒交談的樣子很親近呢。」

「她應該沒問題吧。」

「我可沒說有什麼異樣。嗯，遲早會知道的。」

太田抓起帳單站起來，加賀也大口喝光已經冷掉的咖啡。今天還有三個地方得跑。等到工作告一段落後，加賀要前往澀谷。

目的是觀賞《睡美人》。

6

正式舞台排練從下午兩點整展開。因爲六點半就開演，這次等於是最後一次整體練習。通常這個階段的舞台排練就稱作正式預演。

練習過程和正式演出時一模一樣。舞者自然不在話下，其他包括舞台設備、燈光等也趁這時總驗收。

《睡美人》是由序幕和三幕所構成。序幕是奧蘿拉公主的命名典禮。先是國王和皇后出場，後面跟著六位精靈，在節奏緩慢的序曲中共舞。未緒也是六位精靈之一。

「圭子，注意妳的走位。現在這樣的距離太遠嘍。」

梶田康成的聲音透過擴音器傳來。他坐在觀眾席幾近中央的位子，看著台上。排練過程中一旦發現任何失誤，就不斷透過麥克風下達指示。

六位精靈分別各有一段獨舞，展現各自的性格，最後再回到一段共舞。

接下來就是一身黑色裝扮的反派精靈卡拉波斯出場。卡拉波斯雖為女性，但傳統上向來由男性舞者飾演。

卡拉波斯對奧蘿拉公主下了詛咒，說她在十六歲時會被紡針刺傷手指，最後身亡。但紫丁香精靈出現將卡拉波斯趕走，並預言公主會在沉睡百年後，因為一名王子出現而甦醒。

序幕就到這裡告一段落，接下來直接進入第一幕——奧蘿拉公主的十六歲生日。從村民和侍女的華爾滋開始。

「俊夫，盡可能切到中間。對，再多靠中央半步。」

梶田的聲音響徹全場。就算是最後一次排練，他也絲毫不鬆懈。

國王、皇后，以及四名向公主求婚的王子出場。接著就是出落得亭亭玉立的奧蘿拉公主現身。由高柳亞希子飾演。首先是公主和求婚者分別共舞，公主在每一位王子的相擁下跳一段舞，然後收下他們贈與的玫瑰花，這段場景就是著名的〈玫瑰慢板〉。最後則是公主的獨舞。

「亞希子，這邊頸子要早點挺出來。阿智，你站到那個位置觀眾看不見啦，要出來到最前面！」

主角的動作當然得一一確認，就連旁邊襯托公主舞姿的配角，梶田也仔細提出要求。

化裝成老婆婆的卡拉波斯捧著藏有紡針的花束，接近踩著舞步的奧蘿拉公主，公主接下花束後，手指被刺到而當場倒下。所有人頓時陷入絕望，四名王子和卡拉波斯展開打鬥。就在一片愁雲慘霧的哀戚中，紫丁香精靈出現，她告訴眾人奧蘿拉公主只是沉睡後，便直接對城堡裡的眾人施法，讓所有人都睡著。

之後，紫丁香精靈將整座城堡都隱藏在森林裡，這部分就靠精采的舞台設備加上燈光師的功力了。

第一幕到此結束。在進入第二幕之前，舞者在後台休息室稍歇。

「未緒，妳的狀況不錯哦，看起來身輕如燕。」

亞希子擦著汗水說道。她們倆共用一間休息室。

「謝謝。大概我跳的時候沒想太多。」

「這樣才好。」

「不過有些地方沒跟上旋律，也有跳得順的時候啦。」

未緒一邊說著，邊拿起手邊的原子筆輕敲桌面，反覆進行想像訓練。

「不要緊的，妳向來一到正式演出就表現得很好。」

亞希子伸手拿起化妝箱。

十分鐘的休息結束，第二幕隨即展開。第二幕直接從奧蘿拉公主沉睡後的一百年開始，拯救公主的德西耶王子出場。飾演王子的是紺野健彥，一開始的舞蹈就是王子在森林裡打獵，同時和隨從開心嬉鬧。接下來一行人出發，只留下王子獨自在原地。這時，紫丁香精靈出現，告訴王子有位美麗的公主。王子便在眾精靈的簇擁下，和奧蘿拉公主的幻影共舞。

「這兩個人共舞，簡直讓整個舞台都亮了起來。」

未緒在舞台旁欣賞著，扮成青鳥的柳生在旁邊低語，「我自認身高和演技都不輸給紺野，但就是少了那股強烈希望擄獲觀眾眼光的欲望。唉，這可能也跟天生的個性有關吧。」

還有生長環境嘍，柳生又笑著補充。

「但我覺得你比較適合青鳥這類角色，我說真的。」未緒說。

「我應該說謝謝嗎？」

然而，這時柳生的笑容卻倏地消失，「葉瑠子那丫頭，一定很期待這次的演出吧。沒能親眼看到真是太可惜了。」

聽到他這麼低聲說道，未緒卻不知該怎麼回應，只能望著舞台，不發一語。

舞台上進行到紫丁香精靈領著王子進入森林，一路上雖有卡拉波斯等人出現阻撓，但英勇的王子挺身奮戰，將眾人一一打倒，繼續往森林深處邁進，最後在城堡中找到沉睡的奧蘿拉公主。在王子的一吻下，奧蘿拉公主立刻甦醒，一旁的人們也從百年長眠中釋放，到此第二幕結束。

布幕垂下後，舞台上開始大幅變換布景。梶田也從觀眾席跑上舞台，和舞台總監討論種種事宜。未緒和柳生等人回到休息室，紺野和亞希子則在走廊上一起做最後討論。

然後是第三幕——

奧蘿拉公主和德西耶王子的婚禮。在大批貴族賓客中，有國王、皇后、奧蘿拉公主及王子。首先是寶石精靈的群舞，接著是穿著長靴的貓和白貓共舞。

「貴子，動作太小嘍。手再動得快一些、誇張一點。」

梶田依舊在觀眾席上下達指示。未緒調整頭上的髮飾，同時望著梶田，只見他站著盤起雙臂。

終於輪到未緒等人出場。青鳥和佛洛麗娜公主的雙人舞。先是兩人共舞，接著各自跳一段變步舞。柳生在舞台上滿場飛，像要展現自己優越的跳躍能力。這個青鳥的角色能突顯男性舞者的爆發力，在很多比賽中都被選來單獨演出。

最後又回到兩人共舞。只不過當曲子接近尾聲時，未緒開始覺得怪怪的。因爲從兩人開始跳這一段，就沒再聽到梶田的任何評語。就算眞的跳得不錯，也不可能達到完美的境界，照理他應該會提出指示。

擺出最後結尾的姿勢時，未緒朝觀眾席瞄了一眼。梶田坐在椅子上。不過——

「怎麼了？」

柳生看著站在原地不動的未緒問道。

「老師……好像不太對勁。」

未緒直盯著觀眾席說。梶田整個人往旁邊倒，靠在隔壁座位上，而且一動也不動。

「老師！」

總算有團員發現後衝下舞台，未緒和柳生也飛奔過去。

最先扶起梶田的是在觀眾席上檢查舞台狀況的男性燈光師，名叫本橋。本橋把梶田扶起來之後大喊，「醒醒啊！」用力搖晃梶田的肩膀，卻不見有任何反應。接著他摸摸梶田的手腕，過了一會兒直接放開梶田的身體。

「快叫醫生！」本橋說道，「但好像已經來不及了。」

第二章

1

完全出乎意料的發展，這是加賀眞正的想法。

那天他本來打算到東京廣場表演廳觀賞高柳芭蕾舞團演出的《睡美人》。沒想到傳呼機響起，回覆警視廳時接獲的命令竟是，「東京廣場表演廳好像發生凶殺案，盡快過去處理。」

「遇害的是高柳芭蕾舞團的團員嗎？」

「好像是一個叫梶田的導演。」

「梶田……」

加賀等人的長官富井警部，回答時的聲音很沉著。

加賀忍不住嚥了口口水。他跟梶田因爲芭蕾舞團辦公室那起案子見過幾次，沒想到他竟然會被殺害。「我認識那個人。」他回答。

「我想也是。總之快點過去吧。」

「收到。」

加賀掛了電話後，向太田報告狀況。就連這位前輩刑警聽到消息也不免錯愕。

「又發生一起凶殺案啊。眞是屋漏偏逢連夜雨。」

「這未必是偶發狀況。」

「你少烏鴉嘴。」

太田皺起眉頭。

東京廣場表演廳位於代代木公園內，和國立代代木競技場只隔了一條路。加賀他們趕到時，表演廳入口已經有觀眾大排長龍等待入場。建築物旁邊停放三輛警車，排隊的觀眾都投以好奇的眼光，但他們應該做夢也沒想到是會場裡發生凶殺案吧。

一名澀谷警署的年輕制服員警就站在警車邊，加賀走過去向他表明身分。對方微微露出緊張的神情說，「這邊請。」領著兩人到表演廳後方出口。

「看來今天不會取消演出啊。」

加賀邊走邊說。

「是啊，好像還是依照原訂時程，在六點半開演。」

「不能取消吧，再說也沒那個必要。因爲兇手跑不掉嘛。」

太田意有所指地說，似乎已經斷定兇手就是劇團裡的人。

加賀和太田在員警的引領下到了休息室，這裡瀰漫著一股慌亂與緊張的氣氛，而且很明顯的，原因並非因爲發生了凶殺案。確實有幾名一看就知道是刑警的男子進進出出，但他們的表情和匆忙穿梭奔跑的年輕人比起來，還顯得優雅多了。舞者自然不在話下，就連其他演出工作人員也一樣，此刻腦中所想的只有幾分鐘後即將展開的正式演出。

曾和加賀共事過的澀谷警署內村警部補坐在準備室的椅子上，出神地望著那群演出工作人員的一舉一動。加賀和太田走近跟他打個招呼，沒想到他一開口就是抱怨。

「想找人來問一下案情，結果他們只說了等演出結束再說。明明我們提出的又不是什麼無理的要求，感覺卻矮了一截。」

內村不耐煩地癟著嘴。

「案發現場在哪裡？」加賀問他。

「就在觀眾席正中央，這又是另一個傷腦筋的問題。」

「觀眾席正中央？」

太田驚訝地睜大了眼。

內村向兩人說明大致的案發經過。梶田在排練時倒下，芭蕾舞團員連忙找醫生來，醫生好像只看了一眼，就說這狀況應該報警。原來梶田已經沒了氣息，死因疑似是中毒。澀谷警署的搜查員獲報後隨即趕來，和在場的醫師一起查驗屍體，結果負責檢查屍體的人員發現異狀。梶田身穿棉質襯衫，但背部中央有一塊褐色斑點。

「那是什麼？」加賀問他。

「還不能判斷，但有可能是毒物。」

內村警部補語氣謹慎地回答，「接著掀開襯衫一看，那種液體也沾到皮膚上，而且那裡還有細微的傷口，滲出一點點血。此外，仔細檢查襯衫之後還看到一個被針戳破的小洞。」

「這樣啊。」

加賀點點頭。下毒的方式分為口服、注射和吸入。既然有小傷口，加上沾了神祕的液體，很可能是以注射方式下毒。

總之，好像因為有這些狀況才研判是一起凶殺案，才會進一步通知警視廳。

「屍體在哪裡？」

「已經空出一間休息室，先將屍體放在裡面。應該會等所有人到齊後重新鑑識吧。」

「搜查員移動過屍體嗎？」

「沒有。我們來的時候已經被那些芭蕾舞團的人動過了。那些傢伙好像根本不在乎要維持凶案現場完整，對他們來說，最重要的就是順利完成演出。」

警部補又忍不住抱怨，咂了咂嘴。

不久之後，警視廳的其他搜查員抵達，連同先前那個案子裡協助過的東都大學安藤副教授也來了，一起在狹窄的休息室裡進行驗屍。

梶田康成穿著輕便，一件白色和淺綠相間的條紋襯衫，搭配牛仔褲，臥躺於鋪在地板的塑膠墊上。之所以讓他背部朝上，應該是顧慮到這樣能看清楚啓人疑竇的褐色斑點。

「沒經過仔細檢查還不清楚，但好像是尼古丁。」

安藤副教授湊近液體，嗅了幾下說道。

「尼古丁？是香菸裡的尼古丁嗎？」

加賀等人的小組長富井警部提問。富井雖然個子瘦小，但習慣說話時抬頭挺胸，態度看來格外穩重大方。

「對。而且這還是一種劇毒。不過平常抽菸的分量倒沒什麼問題。」

加賀聽了副教授的解釋，在心裡暗自點頭。他想起某一本推理小說，故事中，兇手在軟木塞上插了幾十根針，就像栗子帶刺的毬果一樣，在前端塗抹尼古丁的濃縮液，再放進殺害目標的口袋裡，這也是一種殺人手法。等到目標將手一伸進口袋就會被毒針刺傷指頭，毒發身亡。

「那個小傷口是怎麼回事？」

太田指著背上的傷口問道。

「好像是被針刺的。」副教授回答，「不確定是不是一般注射用的針。」

屍體上並未看到其他外傷等異狀。之後屍體會送回澀谷警署，經過更仔細的相驗之後，再運到指定大學的法醫學教室進行司法解剖。

就搜查員的立場來說，很想繼續了解實際狀況，但演出已經開始，跟本案有關的人都忙得抽不出時間，加上又無法接近凶案現場，搜查員也只能乾瞪眼，一籌莫展。

唯一能接受問話的就是高柳靜子。富井警部等人決定由她開始問起。

「那我就來看看芭蕾舞表演吧。」

加賀對無事可做的太田小聲說道，接著從外套內側口袋中掏出一張細長形紙片。「這是今天的門票，不看就虧了。」

「我看接下來會讓你看到膩哦。」

加賀沒理會太田的挖苦，轉身朝舞台的出入口走去。現在第一幕還沒結束，沒辦法進到觀眾席，只好先在舞台邊觀賞。

後台堆滿了各式各樣的道具，還有馬車的模型，堆在一旁看起來簡陋骯髒，但一上了舞台看起來應該會變得很有質感吧。

從正面看來可能不清楚，但後台遠比想像中來得寬敞，無論深度或寬度，都將近是外側舞台的一倍。仔細想想，如果沒那麼大的空間，也沒辦法讓布景或大型道具出入。

加賀站在後台側邊，望著台上。飾演奧蘿拉公主的高柳亞希子正跳著舞，圍繞在她身邊的幾個人之中也有淺岡未緒的身影，未緒頭上戴著輕飄飄的羽毛飾物。

包括亞希子在內，其他舞者也完全投入角色，以全身的肢體語言表達喜悅。很難想像本劇導演在開演前不久才剛離奇身亡。加賀覺得見識到了專業人士的工作態度。

一會兒之後，從加賀反側的舞台邊出現了扮成老婆婆的舞者。老婆婆送了一束花給奧蘿拉公主，卻用預藏在花束內的紡針刺了公主的手指，公主應聲倒地，國王與皇后悲痛失聲。

毒針……啊——加賀有種不尋常的感覺，低聲沉吟。仔細想想，梶田遇害的手法就和奧蘿拉公主一模一樣。

第一幕結束後，舞者暫離舞台。所有人在布幕拉上瞬間，臉色頓時凝重了起來。是凶案的關係，還是因爲全心投注在演出？加賀並不清楚。只是眾人急速的呼吸與汗臭味令人大爲震撼。

啊！他聽到輕聲驚呼，順著聲音望去，發現淺岡未緒看到他之後停下腳步。加賀對她輕輕點了頭示意，她便走了過來。

「辛苦了。」加賀對她說，她卻沒回答，反而劈頭就問：

「梶田老師那邊有什麼新發現？老師爲什麼會暴斃呢？」

她的語氣帶著企求。接著她發現自己下意識地揪著加賀的衣袖，趕緊放開，輕輕乾咳了幾聲低下頭說，「對不起。」

「目前還不了解詳細狀況。」加賀回答，「而且也還沒聽到各位的說法。」

「啊……這倒是。」

未緒眨了眨眼說道。她眼周明顯的假睫毛也跟著顫動。加賀心想，眞像洋娃娃。

「我待會兒也得向妳請教一些事，還請多多合作。」

未緒輕輕點頭致意後，往休息室走去。加賀望著她的背影，摸摸自己的衣袖，感覺似乎此刻依舊被她揪住。

直到聽到有人喊自己的名字，加賀才抬起頭，只見太田努了努下巴，示意要他過去。

警方好像要趁換幕時稍微看看案發現場。話雖如此，幾個眼神銳利的大男人走來走去，還是會對觀眾造成不安，因此後來決定各自分散，若無其事地觀察。

關鍵的座位就在一樓正中央。這個座位面向橫跨觀眾席的通道，因爲前面沒有座位，視野很開闊，可說是欣賞表演的最佳位置。梶田選擇這個座位觀看舞台排練，應該也是考量到這一點。目前包括這個座位，加上兩側、後方、兩側斜後方的位子，都貼上了「禁止使用」的告示。

「那些買到特等座位的觀眾眞可憐。」

加賀忍不住喃喃自語。

「這一點倒不必擔心。聽高柳靜子說，爲了因應臨時有意想不到的貴賓前來，通常會保留幾個特別好的座位。」

「哦，原來是這樣。」

太田的回答讓加賀嘆了口氣。

「對了，澀谷署那些人難道完全沒查過嗎？」

「聽說趁開場之前盡力檢查過座位周邊，但沒什麼重要發現。」

「原本他們也想從舞台到通道徹底檢查一番的。」

「想檢查啊……的確，這麼一來根本稱不上勘查凶案現場了嘛。」

觀眾完全不知道兩個小時前，這個座位上才發生過凶案，滿心期待著下一幕，蜂擁而至，徹底破壞了命案現場。

換幕休息二十分鐘。反正在演出結束前也無事可做，加賀索性拿出自己的門票，找到票上的位子坐下來。坐在正後方的年輕女子明顯露出不悅的臉色，應該是加賀的身高會擋住她吧。他把身子往前挪，盡可能坐低一點。

第二幕從森林裡的場景展開，紺野健彥飾演的王子出場。聽著觀眾席響起的掌聲，加賀領教到紺野在芭蕾舞界的地位。

由於加賀幾乎不知道這個故事的內容，看著台上的舞蹈也完全不懂其中含意，只知道紺野王子似乎愛上亞希子公主。而這時淺岡未緒還沒上場。

聽說梶田是在第三幕時昏迷的——加賀出神地望著台上，腦子卻想著案情。背部出現毒針刺過的傷痕，表示兇手是躲在後方偷偷注射的吧？這樣的行爲的確大膽又魯莽，但若兇手相信毒物能瞬間令人斃命，倒也不是不可能。澀谷警署的搜查員一定也這麼想，才會將出事座位後方的位子也列爲禁止使用。

如果不是直接注射的話——加賀又想起那本推理小說。比方說，利用圖釘等物布下機關，等待梶田自己刺到背部，類似這樣的方法，行得通嗎？

至於圖釘藏在哪裡，這一點固然重要，也必須想想是何時藏的。既然梶田是在第三幕時倒下，表示設下機關的時機是在之前換幕時，或是第二幕演出的時候嗎？

台上依舊是紺野和亞希子的共舞。加賀尋思，如果是在第二幕表演時布下的陷阱，舞台上這兩人應該是清白的。

不過，這時他又想到，就算能用圖釘刺傷，但毒物方面又如何？如果是神經性毒液或烏頭這種植物，也許只要在針尖上沾一點就能瞬間置人於死地，但尼古丁似乎就算濃縮也達不到這等效果。包括先前不斷想起來的那本推理小說中的手法，關於致死量這一點也讓加賀存疑。

首先，想到襯衫上的斑點，就覺得量沒那麼少，還是應該是以某種方式注射才合理。

用什麼手法呢——

加賀深深嘆了一口氣，這時，紺野飾演的王子正深入森林拯救沉睡的公主。

第二幕結束後，加賀又回到後台休息室。只見舞者在走廊上忙碌穿梭，聚集在準備室的大批搜查員，顯得非常礙手礙腳。太田面前放了一杯紙杯裝咖啡，他正悠哉地抽著菸。

「有什麼發現嗎？」加賀在他旁邊坐下。

「怎麼可能有發現，根本什麼事都還沒做。」

太田朝天花板吐了一口煙，接著說道，「只是有件事我很好奇。」

「什麼事？」

「外套。」

「外套？」

「梶田死時穿著外套。不知道是運動外套還是短夾克，反正就是那一類款式。後來好像是芭蕾舞團的人扶他躺下時脫掉了，那件外套就被隨手扔在大休息室裡。」

「誰丟的呢？」

「詳細狀況還不知道。不過，那件外套的背部內裡也有一塊褐色的斑點。」

「如果是倒下時就穿著外套，也不奇怪吧。」加賀回答。

「沒錯啦，但我好奇的是，外套內側留下斑點，但外側布料上卻幾乎沒看到。」

「那件外套是什麼質料？」

「好像是絲和麻，挺高級的。」

「鑑識人員怎麼說？」

「好像也覺得怪怪的，但目前還難以斷言。」

「這樣啊，眞是簡單易懂的說明。」

加賀促狹地嘲諷著說，接著又恢復嚴肅的口吻，「不過，如果要動什麼手腳，很可能就在這些地方。」

第三幕開始後，加賀本來想回到座位上，卻被組長富井叫住，要他和太田一起過去談一下。

加賀對著一臉笑咪咪的太田擺出不耐的神情，一邊跟在富井後面。

先前勘驗屍體的休息室，在屍體運走後顯得空蕩蕩。加賀和太田隔著小桌子與富井面對面坐下。

富井先問兩人對這起案子的看法。兩人因爲之前正當防衛一案前往石神井警署支援，富井認爲他們對高柳芭蕾舞團應該有一定程度的了解。當然，他本身似乎也認爲兩起案件有關聯。

「坦白說，目前還沒頭緒。」

太田先開口，「先前那起案子到現在才好不容易有一點進展，而且只弄清了死者身分，但死者跟芭蕾舞團之間的關係還是個謎。不過，在同一個小芭蕾舞團裡，這麼短的時間內連續發生兩起凶殺案，的確該朝彼此相關的方向思考。就我本身對芭蕾舞團員的印象，也認爲他們比較封閉，好像沒講出全部實話。」

富井「嗯」了一聲，揚了揚下巴問加賀，「你覺得呢？」

「我認爲目前還很難說兩起案子是不是有關。」他回答，「倒是針對今天這起案子，聽到梶田遇害讓我滿意外的，因爲他是高柳芭蕾舞團中很重要的人物。」

「嗯，剛才聽高柳靜子說，那傢伙不但是導演，還是編舞師，也是……」

「芭蕾舞教師，就是Ballet Master。如果高柳亞希子是支撐高柳芭蕾舞團的舞者，梶田就是舞團在製作方面的支柱。所以沒了他這號人物，對高柳芭蕾舞團的所有相關人員來說，應該都是一大打擊。」

「但一方面也有人做好了心理準備，痛下殺手，對吧？」

富井摸了摸下顎，皺起眉頭，「聽說梶田還單身？」

「是的。他在高柳芭蕾舞團附近租房，步行就能到。」

太田看著記事本說明。

「沒有交往的女人嗎？」

「嗯，這就不了解了。」太田也偏頭思索。

「他和前一起案子中被逮捕的女孩子，有什麼關係嗎？」

「齋藤葉瑠子嗎？沒有，她跟梶田沒什麼特別關係。」

「她的男友是另一位年輕舞者，叫做柳生講介。」一旁的加賀補充說明，「現在應該正在台上演出。」

「原來如此，這世界果然很小啊。」

富井露出苦笑，「石神井警署打算怎麼處置那個齋藤呢？現在根本沒結論吧？」

「總之先將她拘留到期滿，在這段期間裡調查死者風間利之。之後再看要不要起訴……或是視狀況保留處分。」

聽了太田的話，富井悶悶不樂地說，「事情愈來愈詭異了。」

加賀等人走出房間，正要進到準備室時，觀眾席傳來熱烈的掌聲。加賀窺探一下舞台後方，目前正陷入一片忙亂，看來似乎已經結束了。

加賀回到通道上，打開觀眾席的廳門。全劇雖已結束，卻沒幾個人站起來，台上舞者還在謝幕。他望向舞台，所有演出人員正一字排開謝幕，還有三名女子捧著花束，分別走向亞希子、紺野及交響樂團指揮，將花獻給他們。

布幕拉起一次，在不絕於耳的掌聲中再次拉開。除了亞希子和紺野，還有柳生和未緒也在。未緒又換了一套服裝，跟剛才碰見時不同。淺藍底色上有著金色刺繡，看來雍容優雅，同時又顯得清新動人。

這就是，佛洛麗娜公主嗎？——打扮成這副模樣的她，在加賀眼中更加耀眼。

2

即使正式演出結束，舞者也得先換衣服才行，還有像是舞台設備等工作人員也需要善後。結果等到警方可以開始問話時，已經快十一點了。

搜查員利用幾間休息室，分組展開偵訊。太田和加賀因爲上一件案子和眾人見過幾次，這次負責訊問幾位主要舞者。

第一位是紺野健彥。紺野大概因爲剛結束正式演出，情緒激動，臉頰還帶著潮紅，但說起梶田死時的狀況，不免露出緊張的神情。

「我完全沒發現。當時我們正準備出場，站在舞台邊看著未緒他們的舞姿。直到未緒大喊，這才知道出了事。」

「就你的印象，在什麼時候可以確定梶田先生還活著？」

「就在未緒他們上台之前。有一段場景叫做『穿長靴的貓』，當時老師還提醒台上的人要注意哪些地方。」

太田的問題難度很高，紺野卻回答得意外輕鬆。

「當時梶田先生的動作有什麼讓人印象深刻的嗎？比方說跟誰講話。」

加賀問道，但紺野閉上眼睛搖搖頭。

「我一直看著台上。」

之後加賀等人又問了梶田今天的行程，還有最近的狀況。紺野回答沒什麼特別的，接著又說：

「勉強要說的話，就是葉瑠子的事吧。」他補充，「老師似乎很關切。當然，不止老師，我們也都一樣。」

「你印象中，梶田先生對這事有什麼特別的看法嗎？」

加賀說無論多細微的細節都無妨，但他還是回答想不起來。

最後太田詢問紺野今天的行程。他顯得不太高興，噘了噘嘴，但沒多說什麼，開始交代。簡單來說，他在第二幕開始之前幾乎都待在休息室裡，第二幕之後除了換幕和第三幕一小段之外，都在台上。

接著接受問話的是亞希子，卻沒能問出比紺野更多的內容。可能受到表演剛結束的影響，她的情緒也稍顯激動。

「我真不敢相信梶田老師會被殺，難道不是單純的意外嗎？」

「倒也不是不可能，但目前就我們調查所知，不像意外或病故。」

聽太田說完，她深深嘆了口氣，不發一語搖了兩、三下頭。

兩人也問了她今天的行蹤。她的行程比紺野更緊湊，除了換幕之外幾乎都在台上。

「真了不起。」加賀稱讚。

「《睡美人》裡的奧蘿拉公主這個角色，在體力上負荷很重。」

她回答。

亞希子之後是柳生講介。柳生坐下後直瞪著兩名刑警，「又是你們啊？」劈頭就這麼說。

「這應該是我們要說的吧。」

加賀反言相識，一旁的太田只是一臉笑咪咪的。

「葉瑠子還好嗎？要是她回來時瘦了或是病了，我可不會放過你們。」

「今天這起案子也可能跟葉瑠子小姐有關吧？你想幫她的話，希望能跟我們合作。」

聽太田這麼說，「我可沒說不合作。」柳生頭往旁邊一甩回答。

雖然表現得有些抗拒，但柳生對於刑警的提問，倒是回答得相當敏銳。特別引起加賀等人注意的，就是他提到梶田的外套。

「外套是溼的？」

加賀反問他。

「嗯，應該是Class結束不久後。老師拿起掛在椅子上的短夾克，發現有點溼溼的。」

「Class？」太田不解。

「就是基礎練習的意思。」加賀答道。

柳生似乎很驚訝地睜大雙眼，「你知道的還滿多的嘛。」

「只是稍微做過功課。對了，外套爲什麼會弄溼？」

「不知道。可能有人打翻了東西，反正看起來只是水，先晾在休息室前的走廊上就行了。」

「所以梶田之後將外套吊起來晾乾嗎？」

「是啊。第二幕結束時好像就乾了，所以老師又穿上。」

加賀和太田相視一眼。如果兇手要在外套上動手腳，只能趁這個時候吧。

兩人針對這件事情又追問了些詳細狀況後，才讓柳生離開。

「到底是誰在梶田的外套上潑水，這一點要先查清楚。」

加賀說道。

「話是沒錯，但如果眞的是兇手幹的，大概也不會輕易被別人看到吧。現在應該確認每個人的行蹤。」

太田說話時，響起一陣敲門聲。加賀應聲後，房門打開，出現一臉不安的淺岡未緒。

未緒是第一個發現梶田不對勁的人，因此，加賀等人的提問也從這部分切入。她像是要穩定緊張情緒，不斷緩緩眨著眼，說明當時的狀況。

「因爲沒聽見梶田先生的指示，所以才發現不對勁……是這樣吧？」

加賀停下記筆記的手，再次確認。

「是的。因爲平常就算跳得再好，他也一定會提醒哪些地方要留意。」

「這樣啊。所以說，在那之前妳都沒看著梶田先生嗎？」

「沒有。我們習慣盡量把視線放在遠處。」

加賀點點頭。同時心想，這女孩似乎永遠望著遠方，或許就是這個緣故。

「關於梶田先生的死，妳想到什麼線索嗎？」

「線索……」

「任何事情都可以。」

未緒目光低垂，動了動唇後又搖頭。

「我想不出來。我們每個人都很尊敬老師，雖然他很嚴格，但出了練習室就是個熱情體貼的人。」

「他在練習時會和舞者意見不合嗎？」

「沒有。我們都相信照著老師的指示絕對不會錯。事實上也因爲這樣，才有現在的成果。每個人對於老師的過世都很難過。」

加賀輕輕嘆口氣，不讓未緒察覺。雖然她這麼說，但的確有人不會對梶田的死感到悲傷。之後他提出先前問過紺野和亞希子的問題，不過未緒的回答也沒什麼値得記錄的。

「請問……」

未緒以窺探兩名刑警的表情說道。

「有什麼事？」加賀問她。

「老師的死因……是什麼呢？」

加賀看看太田，只見他伸出小指搔搔眼角，輕輕搖了一下頭。

「不好意思，現階段還不方便透露。」加賀回答，「得先釐清案情才行。」

「是嗎？」

看來她原本也沒抱什麼期待，所以並未露出太失望的表情，只是再次低下頭。

加賀以眼神詢問太田是否還有其他問題。太田一手撐著下巴，另一隻手揮了揮，「加賀你對這次的案子特別關注啊。」

聽到前輩這句話，加賀不禁目瞪口呆，但面前的未緒卻突然「啊」的一聲驚呼。

「怎麼了？」

「沒有，這大概不太重要……只是我想到，剛開始排練時，老師是站在走道上看著的。」

「站著看？」

「是的。然後再看到他時，他已經是坐在椅子上……比較像是倒在椅子上。」

「妳沒記錯吧？」

「嗯，應該沒錯。」

未緒回答的同時，太田已經起身，迅速開門走出去。

淺岡未緒的證詞也進一步獲得其他舞者的證實。特別是在未緒等人之前上台表演「穿長靴的貓」那段舞的舞者貴子，清楚表示：

「是的。在我們上台時，老師的確是站在走道上，雙手扠著腰看台上的狀況。因爲老師下達指示後，我還忍不住看他一眼，所以有印象。」

其他舞者也提出大致類似的說法。看來梶田在第三幕開始之前都一直站著，直到未緒等人上台後才坐下。

「從背後傷口位置來看，在椅子上坐下的瞬間被預藏的毒針刺到，這也不無可能。相反的，如果要從背後注射的話，椅背就成了阻礙，基本上行不通。」

戴著黑框眼鏡的鑑識人員，親身坐在觀眾席上示範解說。加賀等一群搜查員圍在他身邊。時間已經是午夜十二點多，暫且先讓相關人員離開，再做一次現場實況勘查。

「不過，說是預藏毒針，實際上要怎麼操作？」

富井警部喃喃自語。

「我想應該還是在外套上動手腳吧。」

加賀說，「另外也可以將毒針機關預藏在椅子上，但這麼一來，很可能梶田在坐下前就會發現。我猜會不會是藏在外套內裡呢？還有，有人弄溼他的外套，或許就是想趁機動手腳預藏毒針，這樣推測也很合理。」

「我同意。」太田應和。

富井點點頭看著鑑識人員。

「有可能在衣服上預藏這類小針，等待穿刺的瞬間注入毒液嗎？」

「我們再討論看看，感覺應該可行。」

「這種狀況下，穿衣服的人不會覺得怪怪的嗎？」

「要看機關裝置的大小，但這件外套是短夾克的款式，穿著站立時背部留有空隙，有一公分左右的厚度就不太容易察覺吧。還有，剛才加賀刑警所說的，毒針預藏在內裡的看法也很值得參考。這麼一來，還能解釋褐色斑點爲什麼只出現在外套內側，而外側沒有。」

「原來如此，是這麼回事啊。」

富井滿意地點了點頭，「先不管何時動的手腳，收回毒針的時機也無法確定嗎？」他看著眾搜查員問。

「這個似乎很難釐清。」

富井小組裡屬於中堅分子的刑警開口，「我問了移動屍體時是誰說要脫掉外套的，還有之後是誰將外套拿走，但這部分每個人都答不出來。大家的注意力好像全放在屍體上。」

「從這裡就知道兇手有多狡猾。話說回來，怎麼會選這麼隨便的地點下手？這麼一來不就很清楚，嫌犯是芭蕾舞團的相關人員嗎？對吧？」

幾個人也同意富井的說法。的確，在有限的空間中，接觸的人員也固定，這個推論很合理。

但加賀不認爲兇手是個隨便的人。因爲富井不了解芭蕾舞界有多封閉，兇手必定是經過深思熟慮，考量自己和梶田接觸的各種機會後，就空間和人際關係上來說，這次演出都是機會最大的一次，所以才選了今天下手。

3

「感覺眞累。」

高柳靜子將香菸在攜帶式菸灰缸裡摁熄後嘆口氣，瞥了副駕駛座上的亞希子一眼。亞希子不發一語，只好像微微點了一下頭。

「妳們也累了吧。平常光是演出就累癱了。」

靜子對後座的未緒等人說。倚著車門的未緒抬起頭回答，「是啊，有點累。」

擺脫警方的問話時已經快十二點了，高柳靜子開車送未緒回住處。車上除了未緒還有亞希子和森井靖子。亞希子今晚好像要在靜子家過夜。

「唉，發生這種事情，被留下來盤問也是難免。」

靜子的聲音中也透露出疲憊。

「老師被問到哪些問題呢？」

未緒旁邊的靖子挺直了背脊問道。她從一上車就保持這個姿勢，雙手交疊放在腿上。

「問了好多。因爲你們在台上表演時，只有我一個人能應對，但我想沒什麼參考價値吧。我對於梶田先生被殺的事毫無頭緒，而且案發當時，我在劇場辦公室，也沒辦法說明現場的狀況。」

「梶田老師真的是被殺害的嗎？沒弄錯嗎？」

亞希子問道。靜子又拿出一根菸叼著點燃。

「好像還不能肯定，但應該錯不了吧。不過，警方也不肯告訴我是怎麼被殺的。聽說是毒殺，但好像又不是吞食什麼。」

「太誇張了。」

靖子的語氣顯得很苦惱，「怎麼會有人懷恨梶田老師？」

未緒也默默點著頭。

車子先到了靖子的公寓讓她下車，之後轉往未緒的住處。未緒想起之前加賀送她回家的情景。

警方怎麼看待兩起案子的相關性呢？——她開口詢問靜子，靜子偏頭思索。

「不會覺得毫無關聯吧。」

靜子把聲音壓得很低，「不過，這跟前一個案子應該無關。因爲那件事不是解決了嗎？接下來只要等警方認同葉瑠子是正當防衛，她就能獲釋了吧。」

靜子語帶強調地說。

抵達大樓後，未緒回到住處，連衣服也沒換就癱倒在床上。不消高柳靜子多說，她身心的疲倦都達到頂點。坦白說，今天自己在台上的表現糟透了。第三幕的佛洛麗娜公主那段，要是沒有柳生在旁協助，自己根本是跳得搖搖晃晃。

當然，這種狀況不僅出現在未緒一人身上，大部分的舞者都無法集中注意力，沒能展現精湛舞步。觀眾應該看不出來，但舞者各自都有切身感受吧。

其中，唯有亞希子、紺野和柳生三人仍使出全力跳得盡善盡美。看來不論在什麼狀況下，他們跳起舞來都能心無旁騖，所以才稱得上是首席女舞者和男主角吧。

如果梶田看到大家今天的表現，會怎麼大罵呢？會說缺乏身爲職業舞者的自覺嗎？還是沒徹底打好基礎？總之應該會氣炸了吧。

但梶田已經死了。

到底是誰做出這麼可怕的事呢？

未緒在床上翻個身。就她所知，梶田一輩子心力都投注在芭蕾舞上，這個人一輩子只愛芭蕾舞。到底誰會有動機想殺死他這樣的人？

還是不免擔心起葉瑠子。

高柳靜子雖然說沒有關聯，但兩起案子眞能斷定毫無關係嗎？難道不是因爲有所關聯，而這錯綜複雜的脈絡最後以梶田的死來展現嗎？

未緒總覺得接下來似乎要進入一個更深的洞穴，她就快被一股惶恐不安的情緒囚禁了。

隔天從一早就下雨。溼答答的好像會下好一陣子。眞討厭，未緒心想。爲什麼偏在這時雨下不停呢。

未緒到練習室後，發現大樓的門深鎖，門口聚集了幾個像是記者的男人，一發現她，立刻蜂擁上來要她講幾句話。請問妳對這起案子有什麼看法？梶田先生是個什麼樣的人？現在的心情如何？未緒低頭開門入內。欸，請說句話呀！哼，眞是的，這些跳芭蕾舞的就是這麼愛擺架子。——未緒不理會這些聲音，逕自往前走。昨晚高柳靜子特別叮嚀團員別多話。

門一打開，加賀刑警剛好從辦公室走出來。他開口招呼，輕舉右手示意。

「早安。」未緒禮貌性地回應。

「早安。昨天辛苦了，睡得好嗎？」

未緒聳聳肩，閉上眼睛緩緩搖了頭。我想也是，加賀皺起眉頭。未緒看他嘴上出現了鬍碴，換句話說，他們應該比自己更辛苦吧。

「有什麼發現嗎？」她問道。

「沒有，目前還沒頭緒。剛才正拜託行政人員，將梶田先生的相關經歷整理出來。」

加賀豎起拇指指著辦公室的方向，然後望著未緒手邊，「好像很重，我幫妳提吧。」

他指的是未緒手上的皮包。

「不要緊。」

她婉拒，他也沒再堅持。

「我從以前就很好奇，你們幾乎每天都要練習呢。上次也是，案發隔天還是沒休息。」

「是的，沒有休息。」

「完全沒有嗎？」

加賀顯得很驚訝。

「是啊。一旦休息一天，之後要花更多努力才追得回來。」

未緒回答得很乾脆。她從以前就這麼被教育，也一直這麼認爲。

「這個業界眞嚴苛，但也表示你們投入了相當多的熱情。」

加賀接著說，「我眞羨慕。」

呃，未緒看著他，不自覺地笑了。

「怎麼啦？」他也微笑反問。

「因爲之前刑警先生也這麼說過，說很羨慕我。」

就是送未緒回家那次。

「這麼一說我倒想起來了。」加賀搔搔臉頰，看著她的眼睛，「但我是眞的這麼想。能將熱情投注在某件事物上是很了不起的，雖然最近不太流行這種想法，但我個人很尊敬。」

加賀的眼神犀利，似乎蘊含著強烈的意願，想將自己的情感傳達給對方。未緒坦然回答，

「謝謝。」她點頭示意後，往更衣室走去。沿路上回過頭一次，發現加賀還看著她。

這個人眞特別，未緒心想。他散發出一種她前所未曾感受到的氣息。

亞希子和靖子都已經進到更衣室，兩人昨晚也沒睡好。特別是靖子，雙眼通紅布滿血絲；亞希子昨晚則喝了五杯調酒，說一早醒來就不舒服。

走進練習室時，紺野和柳生已經展開熱身運動。未緒等人也走到他們身旁加入。

「眞有熱忱吶。」亞希子對他們倆說。

「沒來由地就想動動身體。」

回答的是紺野。他已經滿頭大汗。「只要身體一動，就不會想到那些煩人的事。」

幾個女孩子點頭贊同。

「我可不是。」在地板上盤腿而坐的柳生說道：

「我現在滿腦子想的都是昨天那起案子。嚴格說起來是葉瑠子和昨天的案子，我現在的心情是除此之外什麼都不願想。」

「但我們想破頭了也沒用呀。」

「是嗎？我們不想的話要靠誰來想？警察嗎？他們懂什麼？什麼都不知道，全是沒用的傢伙，到現在連葉瑠子的正當防衛都沒辦法證明。」

「柳生你有什麼想法呢？」

距離稍遠的靖子大概聽到談話，開口問道。
「當然有。」他得意洋洋地說，「我認爲那個叫風間的人——就是那天摸進辦公室的小偷，他和殺害梶田老師的兇手應該是同夥。」
在場的所有人全都停下動作。「什麼意思？」亞希子問他。
「哪有什麼意思，就是這樣。我猜那個風間，搞不好本來就是因爲想殺梶田老師才摸進辦公室的。沒想到卻被葉瑠子撞見，結果就變成那樣。」
「然後他的同夥替他殺了老師嗎？而且這同夥還在芭蕾舞團裡？」
紺野環顧整間練習室。
「正式預演時還有舞台設備和燈光師等人在場。不過，我覺得兇手應該就在我們團裡。」說到這裡時，他刻意壓低聲音，只讓身邊的未緒等人聽見。
「可是大家都說不認識風間呀。」
柳生聽到靖子的話，忍不住笑了。
「靖子妳還是這麼老實。這一聽也知道是鬼扯，誰會講眞話嘛。」
「但你沒證據吧。」紺野說道。
「目前的確沒有。不過我會想辦法找出來的！重點鎖定美國那邊。」
「因爲那個叫風間的人好像兩年前去過紐約，但這件事警方也正在調查。而且剛好那時我跟梶田老師也在那邊，他們應該會調查得更仔細。」

「這我知道。」

柳生對於那些老早知道的推測似乎顯得意興闌珊，刻意搔搔脖子，「紺野哥好像一直都待在紐約，但聽說梶田老師跑了好幾個地方。警方為了要找到舞團和風間那個人的交集，始終鎖定紐約調查，但我可不這麼想。」

「你是說老師跟風間可能在紐約之外的地方接觸過嗎？」

「我只是打個比喻罷了。但警方忽略了這種可能性，我會往這個方向調查的。只要證明風間闖入辦公室的目的是殺害老師，一定就能還葉瑠子清白。」

「你這是懷疑自己人。」

紺野瞪著柳生。

「話不是這麼說。老師都遭遇不測了，與其彼此疑神疑鬼，還不如打開天窗說亮話。為了葉瑠子我豁出去了，接下來我會懷疑每一個人，還請各位多包涵。」

說完之後，柳生倏地起身，朝另一側的牆邊連續旋轉移動。紺野望著他的背影嘆口氣說：

「這小子真猛。要是能將這股爆發力發揮在舞蹈上，就會連我都追不上了。」

包括未緒在內的幾名女孩都默不作聲。

十點一到，大家就和平常一樣開始練習。即使梶田不在，還是有另一位芭蕾舞教師和三位芭蕾舞女教師，以及幾名助教，因此並不影響日常排練，話雖如此，感覺還是不太一樣。或許是空氣中的緊張程度不同，也可能只是少了一個一直都在的人，覺得不太適應。總之，對高柳芭蕾舞團全體人員而言，目前最大的課題是得趁早適應這種氣氛。

日常練習從使用牆邊扶槓的基本動作展開。從彎曲膝蓋的「Plie」開始，接著是腳尖以摩擦地板方式滑過的「Battement Tendu」，然後進入到以腳尖畫半圓的「Rond De Jambe A Terre」。練習通常從右側開始，之後左側反覆相同動作。

女老師中野妙子走到未緒身邊。未緒配合著錄音機中流洩出的樂曲，雙腳做出正確且俐落的動作。她心想，狀況比昨天好。動動四肢，自己就能感覺得到。

才剛這麼想，準備換到下一個動作時，突然一陣鼻塞，接下來脖子瞬間有如千斤重。

啊！她忍不住輕聲驚呼。整個腦袋被一股難受的重量壓迫，鼻塞得好不舒服，就連站也站不住。

腳下一虛——

「未緒！」

遠處傳來一聲叫喊，接著覺得有人扶著自己。未緒任憑身子倒下，緊閉雙眼。旁邊的團員飛奔過來，但還是聽見撞上地板的聲響。

有人扶她躺在地上，接著拉起她的手腕測脈搏，眾人七嘴八舌的吵雜聲聽起來彷彿很遙遠。

不要緊，未緒想著，隨即睜開雙眼。有個人正擔憂地望著自己，是加賀刑警。他正拉著她的手測量脈搏。他怎麼會在這裡？

未緒又閉上眼，覺得在這個人面前不用太拘束。

頭好重。

一會兒之後，好像有人抱起自己，走出練習室。背部傳來一股暖暖的觸感。

那人將她放在沙發上。好像是練習室旁邊的休息室。她感覺到有人進進出出。

「應該沒問題了。」

突然響起個聲音，是加賀。未緒張開眼睛，看到加賀坐在旁邊，對面則是中野妙子老師。妙子盯著未緒，擔心地問她，「還好吧？」

「嗯，沒事了。我得繼續練習。」

眼看她打算起身，加賀和妙子同時阻止。

「剛才已經請醫生來了，還是讓醫生看一下比較好。」

「是啊，別太勉強。不過總算可以放心了，我剛剛還以爲連妳都出事了。」

這意思似乎是以爲她被殺害。

「不，現在放心還太早。妳以往出現過這種狀況嗎？」

「沒有。」未緒回答加賀。

「練習前吃喝過嗎？我指的是出門之後。」

「沒有，什麼都沒吃。」

「現在有哪裡不舒服嗎？」

「不會，感覺好多了。」

加賀刑警露出複雜的表情，偏著頭思索一會兒說，總之先等醫生來吧。

醫生沒多久就來了。他頂上稀疏，戴著金邊眼鏡，看起來就是個鄉下醫生。他簡單診察之後，就將在外面等候的加賀等人叫進來。

「應該是輕微的貧血，大概是太疲勞了。」醫生說明，「好像沒什麼睡覺，多休息就沒事了。」

加賀和中野妙子這下子總算放下心來。

「我還有其他事情，先告辭了。」

加賀對妙子說完，走到未緒身邊，「好好休息吧，難得逮到機會。」這說法實在有點古怪，惹得未緒微笑。

確定加賀離開後，妙子問道：

「那位刑警先生突然衝進來呢。妳記得嗎？」

「衝進來？」未緒反問。

「就是妳差點暈倒的時候，他反應比其他人都快，立刻衝到妳身邊。我猜他一定一直在外面看妳跳舞。」

「是嗎……」

未緒輕輕將蓋在胸口的毯子往上拉一些。

4

得知梶田康成遭到殺害的瞬間，齋藤葉瑠子瞪大了丹鳳眼，表情僵硬得就像凍結一般。一會兒之後她才垂下視線，輕輕搖晃著頭。

「這……怎麼會這樣。」她喃喃自語。

「就是在舞台排練——你們的專業術語叫『Generalprobe』吧？——在那時遇害身亡的。詳細狀況目前還不了解，但很可能是毒殺。被沾有毒液的細針刺傷的，就跟奧蘿拉公主一樣。」

富井這麼說明。這位警部有時就愛用這種讓人不舒服的說法。

「是誰這麼做？」

「還不知道。所以才來問問，說不定妳知道什麼內情。怎麼樣？有線索嗎？」

富井一問，只見她胸口上下起伏，像在調整呼吸。「沒有。」她回答，「爲什麼梶田老師會被殺死呢……我想不出原因。」

「是嗎？」

富井拿著原子筆的筆頭敲打桌面，一邊觀察葉瑠子的表情。想必他正對照過往的經驗，判斷葉瑠子所言是否屬實。葉瑠子可能也已經習慣了這種狀況，低頭不作聲，臉上未露半點情感。站在富井斜後方的加賀，屏氣凝神盯著這兩人的互動。

一行人正在石神井警署的偵訊室裡。富井提出想見齋藤葉瑠子一面，於是要加賀陪同前來。石神井警署似乎也認爲本案和梶田遇害一事不無關聯。

葉瑠子遭拘留一星期，卻沒想像中憔悴。身形雖然消瘦了點，臉色還不錯。素著一張臉，加上一頭長髮只簡單綁在腦後，美麗的輪廓依舊絲毫未變。

「妳好像不認識那個被妳失手殺死的風間利之？」

「對，我不認識他。」

「聽說妳殺了風間之後當場昏倒，梶田先生和高柳靜子女士之後則回到辦公室？」

「是的。」

「當時梶田先生看到風間，有什麼反應呢？」

「您的意思是……」

「看起來像不像認識這個人？」

葉瑠子似乎沉思了一會兒，最後還是搖搖頭。

「沒有，沒有這種感覺。我記得他一看到立刻問我這男的是誰。」

「他問這男的是誰……嗯。」

富井接下來又問了幾個問題，然後便對加賀身旁一名石神井警署的刑警點點頭。那名刑警於是將葉瑠子帶走，富井和加賀則到刑事課辦公室去。

富井向刑事課長報告，胖胖的課長先要他坐下，接著問：

「那該怎麼辦呢？你覺得如何？」

「很難講。就我個人感覺，看起來她對梶田遇害一事應該眞的一無所知。」

「是嗎？」刑事課長看來不怎麼高興。由於後來又發生這起案子，他更希望趕緊釐清先前的凶案吧。

富井可能也察覺到這一點，問說接下來要怎麼處置齋藤葉瑠子。

「目前只能拘留她到期滿，利用這段時間徹底調查風間，希望紐約那邊能有好消息。」

他之所以這麼說，正因爲當天早上已經派搜查員過去紐約了。

警察廳、警視廳搜查一課、石神井警署都調派了人。

加賀和富井回到位於澀谷警署的搜查總部時，解剖報告剛好出爐。死因果然一如預料，是急性尼古丁中毒。看來確實是從背部注射沒錯。至於衣服沾上的斑點，鑑識報告中也證實正是尼古丁濃縮液。

「預藏毒針的手法有眉目了嗎？」

坐在最靠近黑板的富井問道。一名戴著黑框眼鏡的鑑識科人員站起來，拿起黑板上的粉筆。

「根據解剖報告顯示，背部的傷口似乎不深，大概是細針刺進三公分左右，於是我們做了這樣的推測。」

他在黑板上畫了示意圖，看起來是兩片圓板挾著一顆小橢圓形膠囊。其中一片圓板中央突出一根短針。

「在這個膠囊裡預先注入毒液，注射針就插在膠囊中，唯獨露出針頭。當從無針頭的那一側對圓板施壓，兩片圓板會把膠囊擠扁，內藏的毒液便能透過注射針流出。」

現場的搜查員聽了他的說明紛紛點頭。手法雖然簡單，看來卻是可行的。

「這可以做到多小呢？」富井問道。

「嗯。從毒物的量推測，應該能將厚度控制在一公分左右。」

富井用手指比出大小，低喃道，「看起來好像辦得到。」

「說不定可以從毒藥和注射針追查。」太田建議。

「嗯。這部分怎麼樣？」富井看向鑑識科人員。

「從傷口研判，注射針直徑大概在〇．五公分左右。除了一般醫療用，採集昆蟲的工具組裡也有。至於尼古丁濃縮液，應該是拿紙捲菸的菸草泡水製作。」

「所以任何人都能弄到毒物嗎？這麼一來，就得把重點放在注射針上了。」

「還有梶田的外套。」

太田的建議讓富井恍然大悟地點點頭。

「對呀。有什麼發現嗎？」

「根據幾名舞者的供詞歸納整理的結果，梶田是在正式預演開始不久後就把外套晾在休息室走廊上，直到第二幕表演結束。第二幕的休息時間，他已經穿上外套。當時他還叫一名年輕女舞者去取外套。如果有人要動手腳，應該就是趁這段空檔。」

「嗯，總之最好能想辦法弄清楚這段時間內每個人的行蹤。」

這部分也列入明天起的重點工作。

接下來由負責過濾梶田交友關係的搜查員報告。總歸一句，梶田平常的社交範圍極其狹隘，除了高柳芭蕾舞團的團員和舞台表演相關人員之外，幾乎沒和其他人往來。雖然也在芭蕾舞學校兼任教師，但他只指導高級班，而那些高級班學生也全在公演時前往會場幫忙。換句話說，那天正式預演時在場的人就等於所有他平日有來往的人。

「我們也問過梶田住處的鄰居，都和他完全不相往來。只不過大家對他的印象還不錯，平常碰面時都會很有禮貌地打聲招呼。鄰居似乎甚至不知道梶田是芭蕾舞教師呢。」

「沒聽說有女人進出他家嗎？」

「隔壁鄰居說，似乎根本沒人去過他家。」

從頭到尾就是一句「沒有」啊，富井嘟囔著。

至於芭蕾舞團辦公室的調查，今天是由加賀和太田負責。舞者口徑一致，沒有人說梶田的壞話。此外，梶田的財務狀況也沒什麼值得起疑之處。他身兼高柳芭蕾舞學校的教師，薪資每個月固定匯到戶頭，以往也從沒要求過預支薪水。

「梶田沒有親人嗎？」

富井問道，「他死了之後沒有繼承遺產或能領保險金的人嗎？」

「他投保了壽險，但似乎只是以防萬一，怕自己受傷之後不能再教舞。」加賀回答。

「有誰會因爲梶田的死獲利嗎？」

另一位搜查員問道，但沒人回答他，現場一片沉默。

「這條線索怎麼樣？」

加賀大膽提出看法，「梶田在高柳芭蕾舞團中掌握實權，同時身兼導演和編舞。也就是說，即使有人不認同他的藝術風格和才能，但也不敢反抗他。但他現在一死，情況就不同了吧。」

「意思是說，會有人出來取代梶田嗎？」太田說道。

「但這會成爲殺人動機嗎？」另一名刑警質疑。其中幾人點頭贊同，也有人表情凝重地陷入沉思。

「那可不一定哦，芭蕾舞界很難說。」
太田朝富井探出身子，「他們為了藝術，命都可以賭上。為了貫徹自己的信念，說不定連殺人也在所不惜。」
「你好像變得很了解芭蕾舞界呀。」
富井露出苦笑，「好吧，那麼太田和加賀就朝這個方向著手。」
當天晚上加賀離開澀谷警署後，隨即從池袋繞到大泉學園。他的目的並不是高柳芭蕾舞團，而是到舞者常去的那家店——「NET　BAR」。
推開門一看，店裡已經有五名顧客，四人坐在桌邊，一人坐在吧台。加賀向酒保點了一杯波本威士忌加冰塊，便坐在上次的同一個位子。
「今天芭蕾舞團的人沒來啊？」
他一說完，老闆旋即朝吧台角落瞄了一眼。坐在那個位子上的女子也同時抬起頭，望向加賀。
「這麼巧。」那名女子說，輕輕點了下頭，「今天早上多謝了。」
女子正是芭蕾舞教師，中野妙子，也就是當天早上未緒昏倒時陪同在旁的人。
「是妳啊，一個人嗎？」

「是呀。」

「可以跟妳聊幾句嗎？」

「無所謂啊，不過從我身上問不出什麼的。」

「不，我沒那個意思。」

加賀起身，走到妙子旁邊坐下。老闆將加冰威士忌放在他面前。加賀端起酒杯喝了一口，便切入正題。

聽完他的話之後。

「梶田先生堅持的主張？」

妙子左手托著下巴，臉龐微微側著。她鼻子高挺，五官讓人聯想到印度美女。從眼周的細紋可看出她已步入中年，但皮膚絲毫沒有鬆弛的現象。加賀認爲這應該要歸功她平常鍛鍊有加。

「不知道該不該用主張這兩個字，或許該說是想法吧。總之就是梶田先生在表演或編舞時所秉持的基本精神。」

加賀謹愼地用字遣詞。

「你問了個大難題吶。」

妙子皺起眉頭，嘴角卻帶著笑意。

「我也認爲這問題很難。只是說出口之前倒覺得還好。眞的很難回答嗎？」

「與其說難以回答……」

妙子依舊托著下巴，端起白蘭地輕啜一口。她的指甲油顏色是令人眼睛一亮的豔紅。

「與其說難以回答，應該說這是個無法回答的問題。老實說，我想我們當中沒有人能掌握到他腦中描繪的形象吧。勉強要講的話，我想他會在腦子裡先將音樂和影像完美合而爲一，然後試圖以肢體表達出一模一樣的感覺。也就是用雙眼傳達音樂，大概是這個意思吧。加賀先生知道《幻想曲》那部電影嗎？」

「迪士尼的嗎？」

「是的。那部電影正是這樣的概念。雖然有一定程度的故事性，卻以融合影像和音樂爲最優先考量。梶田先生很喜歡那部電影，也希望透過芭蕾舞來勾畫出那樣的世界。所以他在編舞時完全屏除複雜的內心戲，單單要求精準正確的動作。至於舞者，只需要當個小零件，完成他理想中的影像即可。」

「但這樣不會引起不滿嗎？我的意思是說，那些想表現自我的舞者能接受嗎？」

「話說回來，還眞的沒有怨言呢。」

妙子說完，將白蘭地一飲而盡，把杯子放在老闆面前。她似乎話匣子一打開，說起話來用字遣詞也沒那麼拘謹。

「說起梶田先生的要求有多嚴格，那實在很驚人。光是要達到他所要求的動作就已經筋疲力竭，根本沒什麼自己思考的空間。再說，在這樣練習之下的成果的確很精采，音樂和肢體動作完美融合，看了都讓人心蕩神馳。雖然不知道訴求的內容是什麼，但看著那些優美的舞步就心曠神怡——這就是梶田先生的舞蹈。所以嘍，因爲了解箇中奧妙，舞者也毫無怨言。」

她剛才放在一旁的酒杯，不知何時已經斟上威士忌。她舉起酒杯送到嘴邊，露出神祕的微笑。

「聽起來是個很了不起的人吶。」

加賀道出自己眞實的感想。

「是很了不起呀，只不過呢……」

妙子側著頭，「他外表看來很普通，像個和藹可親的大叔，對舞者也很好，尤其是他自己喜歡的學生。」

「他喜歡的學生？」

加賀放下酒杯看著她。

「沒什麼奇怪的意思。」妙子說，「對梶田先生來說，舞者只是完成芭蕾舞所需的零件，既然這樣，愈能符合要求形象的舞者愈好吧。我說的喜歡是這個意思。」

「有這麼多要求似乎很難達到呢。對梶田老師而言，怎樣才算是理想的舞者？」

「既然對內在完全不要求，重點就是外表了。」

「具體來說是哪種類型？」

「首先要很瘦。」

妙子不假思索地回答，「要瘦得徹底，越纖細越好。」

「他偏好瘦的舞者嗎？」

「與其說偏好，應該說他深信那樣的身材代表努力鍛鍊的結果。至於女性天生渾圓豐潤的身材，在他眼中只是怠惰的象徵。他似乎一直信奉纖細身材才能輕盈活動的理論。」

妙子語氣中明顯帶著對梶田的批判。

「這麼說來，體型偏女性化的人就比較辛苦了。」

「也可以說很難獲得他的青睞。」

妙子從皮包拿出香菸，以銀色打火機點燃，津津有味地吸了一口，轉向加賀托著下巴。

「團裡還有『梶田規格』呢。」

「規格？」

「沒錯。腳形、身體纖細程度、臉形等狀況都有規定，具體來說就像亞希子的類型。她的舞蹈技術固然一流，同時也是非常符合梶田規格的舞者。即使這樣，梶田先生似乎還認爲她若能再瘦一點就更完美了。」

加賀腦中浮現亞希子的模樣。在他的印象中，她已經夠瘦了。

「她長得很美，也很纖細呀。」

「那是就身為女性的標準來看。」中野妙子回答，「但梶田先生的想法是，以一名舞者來說這樣還不夠。瘦到皮包骨的程度最理想。」

這也太誇張了，加賀嘆了口氣。

「所以就得節食？」

「這是常識吧。」

妙子表情嚴肅地回答，「幾乎每一名舞者都在節食。尤其設法吸引梶田先生注意的學生，平常幾乎跟絕食沒兩樣。據我所知，他從來沒強制要求過，但舞者全心知肚明他希望什麼樣的外表。仔細想想，這眞的很危險，因為既然沒有任何指示，舞者也不知道該持續減重到什麼地步吧。」

「聽起來不太正常。這麼一來應該會出現很多壞處吧。」

「那當然。其實這種事我不太想講的——」

中野妙子連續抽了兩、三口菸，凝視著呼出的煙霧，看來正在斟酌怎麼措詞。

「嗯，應該說，這麼一來理所當然會出現一些症狀。」

「像是營養失調嗎？」

她聽了加賀的發問點點頭。

「其他還有生理不順、身體復原能力衰退、容易受傷——大致像這些吧。」

「明知這樣還是得變瘦嗎？」

「重點就在，非得獲得梶田先生的認同不可。」

妙子將菸盒和打火機收回皮包裡，「這話題到此爲止吧。」

「接下來該獲得誰的認同呢？」

加賀問道，「既然現在梶田先生不在了，應該有人接替他的工作吧。」

妙子聽了，按壓著兩側眼頭，唇邊浮現一抹輕笑。

「導演、編舞這些頭銜的工作，的確有人來接替。但這並不表示就能延續高柳芭蕾舞團這艘大船的舵手地位。」

「說不定舵手就是妳呢。」

「我？開什麼玩笑。」

她說完將香菸在菸灰缸裡摁熄，留下半杯威士忌便起身，「我先走了。」

「不好意思，再請教一件事。」

妙子走過加賀身後正準備離開，他將椅子往後轉叫住她。她一轉頭，雙手撐在吧台上。「什麼事？」

「她呢？」加賀問道，「她經常出現那種狀況嗎？」

妙子一時不明白他的意思，直視加賀雙眼的同時才恍然想起，「哦哦。」她張著嘴點點頭，「你是說末緒啊。」

「聽到妳剛說節食的事，讓我有點好奇。」

「原來是這樣。」

妙子眼神朝斜下方游移，眨了眨眼再次正視他。「像今天這種狀況倒是第一次，不過練習時大概有兩次會突然站著不動。另外，她也說過有時一站起來會感到暈眩。只是就我所知，她應該沒有過分節食。」

「……這樣啊。」

聽她這麼說，加賀忍不住鬆了口氣。這副模樣被眼尖的妙子看到，立刻露出一臉促狹望著他。

「加賀先生，看來你很喜歡那女孩哦。」

他稍微避開妙子的視線，又馬上正視著她。

「我覺得她很可愛。」加賀的語氣很肯定，「我看過她詮釋的黑天鵝，坦白說，眼睛和心同時都被她深深吸引。」

妙子笑得眼角都露出細紋。今晚她的笑容之中，再也沒有比這個更燦爛。

「我會轉告給她。」

「黑天鵝的事我已經親自告訴她了。」

「那可愛女孩的部分呢？」

「這請妳務必保密。」

「眞可惜，我比較想告訴她這件事呢。」

妙子誇張地擺出失望表情，之後又稍稍正色說，「那女孩眞奇妙。」

「看她平常的樣子實在很難和黑天鵝奧蒂莉聯想在一起。因爲奧蒂莉這個角色可是曾僞裝變成白天鵝奧蒂特公主，試圖搶走王子的心。所以有時我會想，說不定未緒這女孩其實內心有一股很強烈的意念。」

加賀想起未緒的模樣。飾演黑天鵝的她，還有前幾天看到的佛洛麗娜公主，在他腦中交錯。

「搞不好。」他回答。

「我可以保證。」

說完妙子向老闆使個眼色，接著背著皮包走出酒館。加賀目送她離開後，又向酒保追加了一杯波本威士忌。

5

以《天鵝湖》的一段來當作基本練習——

從右腳在前開始。在空中雙腿交叉，做出「Entrechat Quatre」這個四次交織的動作後，回到第五位置（*1）。第五位置是最重要的腳形，雙腳腳踝朝外，開展一百八十度，然後一腳移到另一腳正面，呈一直線。也就是後腳的腳尖碰到前腳的腳跟。

左側反覆一遍後，再從第五位置出發屈膝，接著伸直膝蓋同時打開腿，踮起腳尖做出變位跳「Echappe」四回。

整套動作反覆四回。

未緒邊跳邊確認，今天身體狀況不錯。可不能再出昨天那種錯。萬一連續幾次，自己就信用掃地了。

身體感覺輕盈。果然好天氣心情也跟著愉快。一早醒來看見窗外的藍天，心中也感覺到一股久違的神清氣爽。

基礎練習告一段落後是休息時間，再來就是排練。二十天之後又是《睡美人》公演。

未緒和靖子一起到附近的咖啡廳，平常都在這裡吃點沙拉等簡單的餐點。

「我要咖啡還有——」

靖子瞄了桌上的菜單一眼說，「雞蛋三明治。」

「妳要吃東西啊？」

未緒驚訝地問她。靖子輕輕揚起頭，「嗯。」她回答。

「先前中午不是只喝咖啡嗎？」

「是啊。不過以後我想多少吃一點。」

靖子一口氣喝掉半杯水。細瘦的喉嚨宛如脈搏律動著。幾年前她頸部到肩膀這部分的線條相當具吸引力，但在徹底節食之後，整個人給人的印象都變了。講難聽一點，就像雞骨一樣，但這好像是她期望的身材，靖子本身應該也滿中意的。

未緒喝著蕃茄汁，又吃一份鮪魚三明治。她並沒有刻意節食，因爲她本來就只有這點食量。或許是天生的舞者體質，她的體重幾乎沒什麼變化。高中時班上的好友曾形容她是「快斷成兩半的身材」，從那時之後就沒改變。雖然胸部稍微膨大一些，但也沒差多少。

靖子在未緒面前拿起雞蛋三明治大快朵頤，看起來好像在跟誰賭氣。未緒多少能體會她的心情。

也就是說，之前是基於對梶田強烈的尊敬，使得她採取超乎必要的嚴苛節食，但現在梶田不在了，已經沒必要繼續這麼做了。當然，芭蕾舞者擁有纖細的身材比較有利，這道理依舊沒變，但包括靖子在內，好幾位舞者的節食方式在未緒看來已經超乎正常。甚至還聽說有人使用高危險性的藥物。在這種情況下，原本相當美麗勻稱的身形全都變得醜陋乾癟。

*1 位置是芭蕾舞中對各種手腳和角度的稱呼。

「不過，還是別一下子吃太多……」

看著一眨眼就吃得盤底朝天的靖子，未緒語帶保留提出忠告。結果靖子好像突然驚覺，趕緊停下手和嘴，將手上的三明治慢慢放回盤子裡。

「對喔，應該要這樣。謝謝妳。」

靖子喝著剩下半杯的咖啡，吁了口氣。她平常開朗的表情上，多了幾分空虛和倦意。

回到芭蕾舞團之後，室內似乎瀰漫一股浮躁的氣氛。原因顯而易見——幾名刑警正到處找舞者問話。

未緒和靖子在走廊上站了一會兒，立刻就有一名臉形較長的中年刑警走上前。未緒迅速左顧右盼，卻沒見到加賀刑警的人影。

長臉刑警自我介紹，他姓菅原。他說想再問一次案發時的狀況。

「別想得太嚴重。只是想了解一下妳當天從正式預演到第二幕結束的行動，尤其是妳那段時間曾和誰在一起。」

「簡直就是在調查不在場證明嘛。」

未緒低聲嘟囔。沒想到菅原滿不在乎地搔搔頭，「呵呵，對呀。」接著便拿出記事本，「方便請教嗎？」

未緒說她在第一幕上台，之後的休息時間都和亞希子在一起，第二幕開始之後就在台邊觀賞台上演出。

「當時妳旁邊還有其他人嗎？」

「我跟柳生先生一起。」

她記得兩人都被亞希子和紺野的舞蹈深深吸引。

「之後呢？」

「接下來換幕時也在亞希子身邊。」

菅原頂著那張長臉點點頭，把未緒所說的記下來。接著也問了靖子相同的問題。

「我多半和小薰一起。我們出場時間一致，還用同一個休息室。」

「多半是指？」刑警停下做筆記的手。

「就是幾乎的意思。因爲我們並沒有連上廁所也一起去。」

「原來是這樣啊，這倒是。」

接下來刑警針對正式預演前的基礎平衡練習前後也提出同樣問題。靖子回答基礎練習開始之前她在台上，未緒則和亞希子在一起。

「非常清楚。謝謝兩位。」

菅原和兩人道謝後，又朝下一位舞者走去。

「爲什麼要問那些問題呢？」

「不知道，爲什麼呢？」

靖子也一臉納悶。

她們走進練習室做熱身運動，等到全體到齊時，事務局長坂木和高柳靜子走進來。

坂木召集眾人宣布明天傍晚起將爲梶田守靈。靜子也指示，練習完還有時間的人希望都盡可能參加。

「就算只是露個臉也無妨。」

坂木的表情似乎在暗示所有人。

兩人交待完之後就走出練習室，但坂木在門口停下腳步，叫了柳生。

「你要的那些資料，辦公室那邊已經準備好了，跟安本說一聲就行。」坂木說道。

「多謝了。」柳生回答。

「什麼資料？」

靜子一問，坂木便朝柳生望了一下。

「梶田先生兩年前去紐約時，還到華盛頓、加拿大等地進修。柳生說想看看那時候的日程表或紀錄。」

「沒什麼特殊用意啦。」

柳生顯得有些慌張，趕緊搖搖手，「我早晚會這麼做的，之前就想向梶田老師請教細節，現在卻沒辦法問他了。」

「這樣啊。」

靜子看著柳生的雙眼露著些許冰冷。很明顯，她沒有對柳生這番話照單全收。「嗯，無所謂，但這種時候別招惹些無謂的誤會。」

「是啊，尤其警方已經派人去紐約調查了。」

坂木也這麼說。

「我知道。」

柳生低下頭回答，靜子隨即走出練習室，坂木也跟在她身後。柳生都還沒站好姿勢，就傳來老師的聲音。「好啦，開始彩排嘍。」

練習到五點整結束。未緒換衣服時多花了點時間，比大家晚走出更衣室。

「啊，是大姊姊。」

突然有個孩子的聲音。未緒一看，有對老夫婦和小學低年級左右的男孩站在玄關。未緒忍不住張大了嘴，「你們好。」她趕緊打招呼。那對老夫婦正是葉瑠子的父母。

「我們上次來過，但匆匆忙忙沒時間跟妳碰面，眞不好意思。」

葉瑠子的父親政夫滿頭花白，客氣地行了一禮。他的面容依舊穩重成熟，但比起之前見到時多了幾分憔悴。

「別這麼說。今天怎麼來了?」

「嗯。想來看看葉瑠子的狀況。我們剛去見過她了，警方核准了會面。」

「真的嗎?她好不好?」

未緒激動問道。

「嗯，精神比想像中來得好。一聽到拘留所，總覺得會受到刑警不人道的對待，還好都沒有這些事，總算可以放心了。」

政夫一邊說，葉瑠子的母親廣江邊跟著點頭。她看起來也像一下子老了好幾歲，這陣子一定都沒睡好。

不知爲什麼，加賀居然在他們身後。發現未緒一臉不可思議地看著加賀，廣江便解釋，「這位刑警先生帶我們坐計程車來這裡。還說反正他也要過來，只是順便。」

夫婦倆再次向加賀道謝。他看起來不太自在，一邊對未緒說:

「我還有點事想請教妳。」

不一會兒，高柳靜子走出來迎接齋藤夫婦。政夫對靜子說，前幾天謝謝您。看來他們和靜子已經見過幾次。

靜子正要帶他們去會客室時，未緒說，「我看著孝志就行了。」孝志是老夫婦長子的小孩——也就是葉瑠子的姪子，未緒也見過他好幾次。

老夫婦先是婉拒，但孝志自己也想跟著未緒，最後兩人才很過意不去地接受她的建議。

「這孩子的爸爸出差，他媽媽剛回娘家生第二胎，我們只好帶著他出門。」

政夫連忙解釋。

兩夫婦進了會客室之後，「想來玩什麼呢？」未緒問孝志。結果孝志有些為難地低聲說，

「我想去一個地方。」

「想去的地方？是哪裡？」

「西武球場。」孝志回答。

「西武？」未緒驚訝反問，「棒球場嗎？」

孝志用力點了頭，「之前葉瑠子姑姑帶我去過。」

「這樣啊，這可真傷腦筋。大姊姊不太知道怎麼去耶。」

「但是很近呀。」

「好像滿近的，可是我沒去過。」

「我可以陪你們。」

在一旁突然出聲的是加賀。他看看手表，「現在去還來得及。今天晚上應該有西武對日本火腿的比賽。」

「哇！我好想看。」孝志說。

「但是這樣會給加賀先生添麻煩。」

「我不要緊，只不過我還有點事想請教。」

「也好……」

「就這麼決定。」

加賀說完，輕輕把手放在孝志頭上。

身穿白色球衣的選手一揮棒就往前衝，對戰隊伍的選手追著揮出的球。選手與球交錯而過，沒能在第一時間接住。選手衝回本壘那一刻，身旁的孝志開心鼓掌。

有生以來第一次親眼看到球場，五彩繽紛超乎未緒的想像。綠油油的人工草皮，選手的制服也色彩豐富。球場夜間使用的混合燈光很刺眼，稍微往上看，感覺得到一片深邃的漆黑。

三人坐在靠三壘的內野畫位區。先前買票時加賀對孝志說，要是有靠一壘的座位就好了，但未緒並不懂這句話的意思。

未緒看看坐在右側的加賀。只見他盯著場上，雙手緊握。只要一有打擊出去的聲響，他就低聲叫好，握拳的力道更添幾分。他的眼神敏銳地緊追著場上的變化，又倏地洩氣地咋舌，拍打大腿。

加賀終於察覺到未緒的眼神，一瞬間有些狼狽，避開她的目光，露出難爲情的笑容。

「很蠢吧。」他說道。

「你很喜歡棒球吧。」

「倒也不是特別喜歡棒球，但一看比賽就忍不住認眞起來。凡是跟輸贏有關的比賽都是這樣，我看相撲或冰上曲棍球也是。」

「你也看相撲和冰上曲棍球嗎？」

「只看電視轉播。沒什麼時間到現場看。」

此時正好啤酒酒促小姐走過來，加賀叫住她，同時問未緒要不要喝一點。未緒婉拒了。酒促小姐熟練地將一罐啤酒倒進大紙杯，遞給加賀。加賀伸手進長褲口袋掏出一張皺巴巴的千圓紙鈔，接著又把找回的零錢直接塞回口袋。這還是未緒第一次看到有人不把錢收在皮夾，直接放進口袋裡。

他津津有味喝著紙杯裝的啤酒。未緒環顧四周，到處都是這樣喝著啤酒的觀眾，其中還有上班族男子，多喝了幾杯後坐在位子上睡到快跌下來。

「特地跑來這種地方看球賽，居然還睡著……」

未緒看著那人說。

「這樣也無妨。」

加賀若無其事地回答，「那個人就是爲了喝醉睡著才來球場，對比賽沒太大興趣。只要偶爾醒來看一小段球，對他來說就夠了。」

「這樣有趣嗎？」

「不知道有沒有趣，但應該能紓壓吧。大多數人都是爲了這個目的來球場，在這裡可以大聲咒罵、盡情加油，這麼做有助於消除壓力。球場之所以爆滿，正表示有這麼多人壓力都很大。」

「這些人難道不看芭蕾舞嗎？」

「我想應該不看吧。」加賀回答得很乾脆，「能欣賞芭蕾舞的，只有那些在精神層面和經濟能力上比較寬裕的人。但可惜的是，大部分民眾並沒有這種條件，大家都很疲憊。」

「爲什麼會這麼累呢？」

「整體結構就是這樣。機械體操裡不是有個項目叫疊羅漢嗎？最辛苦的都是在最下面一排的人。」

非常精闢的說明。未緒佩服地點點頭，再看回場上時，攻守雙方已經在不知不覺中交替。

「我先前也想問妳。」

輪到加賀發問，「妳除了芭蕾舞以外，還有其他感興趣的事嗎？」

「沒有。」未緒回答。

「但我只是沒餘力培養其他興趣。光顧好自己的事就用盡全力了……所以今天能像這樣來看棒球賽，我覺得眞好。不知道下次得到何時才有機會。」

「聽妳這麼說就放心了。」

加賀笑著露出一口白牙，喝了口紙杯裝的啤酒。紙杯端離嘴邊時，唇上留著淡淡的白色泡沫。

比賽結果是西武獅獲勝。過程中雙方都有不少次機會，也各自運用了不同戰術，似乎最後是因爲西武的失誤較少，略勝一籌。未緒對棒球一知半解，但在觀戰中有了孝志和加賀的解說，原本選手那些看來無法理解的動作，後來也懂得其中意義了，不像之前連出局時在野手需不需要觸到跑者都不會區別。

而且她原先並沒有特別喜歡的隊伍，但到了比賽尾聲，似乎偏向爲西武獅加油。除了周圍的觀眾幾乎都是西武獅球迷，旁邊的孝志還會向她仔細說明，每個選手的特色、近況、和敵對投手的對戰紀錄等，孝志甚至連喜歡的選手生日都記得。

於是，當西武投手讓日本火腿——坦白說，未緒連這隊伍的名字都沒聽過——的最後一名打者出局時，未緒忍不住拍起手。

球場上開始進行當日最有價值選手專訪，觀眾席上則持續放著啦啦隊隊歌。未緒等人也邊聽邊站起來。

「哇，眞有趣。秋山那支全壘打太棒了。」

孝志對加賀說。

「這次老是陷入拉鋸。我上次來看過更精采的。本來以爲是左半邊的平飛球，沒想到卻直接撞上觀眾席，游擊手還差點跳起來飛撲。」

「不會吧。」

「眞的，就是因爲那顆球而大逆轉。」

是喔，孝志聽了還是偏著頭納悶。看著加賀那臉賊賊的笑容，應該是信口胡謅。但這件事到底有什麼了不起，未緒還是不明白。

從西武球場前搭了往池袋方向的快車。葉瑠子的父母寄宿位於池袋的飯店，比賽結束後要把孝志送回飯店。

電車上擠得跟沙丁魚一樣。身體想轉個方向都很困難。未緒問說，通勤的人每天都得飽受這種痛苦嗎，加賀聽了睜大眼。

「通勤電車才不是這樣呢。」他說，「比這個還恐怖。」

「比這時候還擠嗎？」

「大概擠上一倍吧，眞的不是人搭的。四面八方的人擠過來，臉都變形了。手上的皮包等到下車時才發現已經被壓扁。」

「眞誇張。」

「之前有一次我爲了辦公事，剛好搭上尖峰時段的小田急線，結果從町田到新宿，雙腳從來沒著過地。」

「哇。」

未緒驚訝得目瞪口呆，但一臉認眞的加賀突然笑了。她挑著眼瞪他，「你……是騙我的吧。居然還說得那麼正經。」

「我是形容擁擠的程度，這也是另一個妳不知道的現實狀況。」

這時，車廂忽然一陣搖晃。未緒腳下一個不穩，加賀立刻伸出手扶她，她也毫不猶豫地抓住他的手臂。

到了飯店，未緒在大廳打了電話到葉瑠子父母的房間。接電話的廣江說馬上下樓。

「改天再一起去看棒球。」

等候廣江時，孝志說了，「我還想看清原的全壘打。」

「下次找葉瑠子姑姑一起去。」未緒說。

「可是，」孝志睜大眼望向兩人，「葉瑠子姑姑回不了家吧？」

未緒一時不知該如何回答小男孩，只能看著加賀。加賀一瞬間皺了一下眉頭，隨即露出沉穩的微笑說，「沒問題的，她一定能回家。」

「是啊。」未緒彎下腰，輕輕搭著孝志肩膀，「絕對沒事的，大姊姊跟你保證。」

「眞的嗎？」

「眞的。」未緒眞心答道。

廣江下樓後，對未緒和加賀深深一鞠躬道謝。

未緒和加賀兩人出了飯店，在夜晚的街道往車站方向走。或許因爲孝志最後那番話的關係，兩人之間突然沒了對話。再怎麼說，在葉瑠子這個案子上，未緒和加賀的立場剛好相反。

到車站之後，加賀二話不說就到售票機買了兩張車票，將其中一張遞給未緒，「我送妳回去。」未緒點點頭沒作聲。

「不過，」加賀又說，「要不要先喝杯茶？妳應該累了吧。」

「好。」這次她出聲回答了。

兩人進了一家離大馬路稍遠的咖啡廳。店很小，只有幾張桌子和小吧台，還有幾盞仿油燈的照明。兩人在最內側的座位面對面坐下。加賀點了淡咖啡，未緒則點了一杯肉桂茶。

「妳沒加糖是因爲節食嗎？」

看她直接端起紅茶就喝，加賀問道。

「呃，這倒不是……我從以前喝茶就習慣不加糖。」

「這樣啊。」

加賀把咖啡杯端近嘴邊，他自己也喝黑咖啡不加糖。

「我以爲跳芭蕾舞的人每個都節食。因爲大家看起來都好苗條，而且聽說還受到梶田先生的影響。」
「的確有幾個人這樣。」未緒回答。
「聽說過度節食會有很多不良影響，關於這一點，舞者本身是怎麼想的呢？」
「不知道。」未緒偏頭想了一下，「只要能上台表演，我想如果不是太嚴重，大家都會忍耐吧。」
加賀點了幾次頭，之後似乎想起什麼，直視著未緒的雙眼。
「妳也一樣，忍耐著很多事嗎？」
「多多少少……」
未緒先是別過臉，但隨即看著他說，「我認爲多多少少還是得忍耐。不這樣的話，就沒辦法表現出好的舞蹈，而且可能隨時都無法再站上舞台。」
「這倒是。」
加賀啜了口咖啡，輕輕嘆氣。
「我覺得……」未緒說道，「今天眞的很開心，謝謝。」
「別跟我道謝。老實說，趁機喘了口氣的是我。」
他再次端起咖啡杯，發現杯中早就空了，才又拿起水杯喝掉半杯水。

「你說你對勝負的比賽很有興趣，你自己運動嗎？」

未緒想起在球場上的對話，開口問道。

「我嗎？」

他轉了轉眼睛猶豫一下，回道，「學過一點劍道。」

「哦，對耶，聽說警察都學劍道。」

「不過我是從小學就開始了。」

「一直沒間斷？」

「是啊。」

「那應該很厲害哦，而且一定取得段位了吧。」

「呃，是啊。」

加賀舔舔嘴唇，又拿起水杯。這位刑警難得露出如此靦腆的表情。

「幾段啊……啊，問這種問題是不是太失禮了？」

「沒有，不要緊。我是六段。」

「六段……」

未緒驚訝失聲。這種技藝感覺二段、三段就已經很高階，一聽到六段，一時無法掌握高深到什麼程度。

「這沒什麼。」

他似乎洞悉了她的內心，「只是練的時間比較長，不值得特別一提。我說眞的。不管是誰，能練個二十年要取得六段都不難。也有走起路來搖搖晃晃的老爺爺，還能取得九段、十段的……有什麼不對嗎？」

加賀突然發問，是因爲未緒聽到一半就笑起來。

「因爲你好像在辯解呀。這又不是壞事。」

他聽了，以食指揉揉鼻子說，「我怕言過其實的稱讚。」

「但是眞的很厲害呀。加賀先生之前說過好幾次，很羨慕我有個能全心投入的興趣，可是你自己也很優秀嘛。」

他露出苦笑說，「我才不是那樣。只是依慣性持續下去而已，當了警察之後也沒有中斷。」

「但還是很了不起呀。」

未緒再次強調，讓加賀閉上雙眼思索了一會兒，微笑回答，「謝謝。」又續了一杯咖啡。

「加賀先生從以前就立志當警察嗎？」

等候咖啡上桌時，她開口問道，加賀卻一臉驚訝，似乎這是個意料之外的問題。「怎麼這麼問？」

「怎麼說呢……有這種感覺。如果我說了什麼失禮的話，我向你道歉。不好意思。」

未緒將雙手放在腿上，低頭行了一禮。

「別這樣，不用道歉吶。」他苦笑說，「我小時候的確想過當警察。」

「果然沒錯。」

「但這個想法慢慢改變。告訴妳我當警察前的職業吧。」

「原來你不是一出社會就當警察嗎？」

未緒驚訝反問，看來她大感意外。

「我大學畢業之後當了中學教師。」

「當老師？」

未緒拉高音量，引來周圍顧客的注目。她縮了縮脖子，「對不起。」輕聲說道，「但你看起來是個好老師。」

「學生時期的女友也這麼說。實際上不是這樣的，我沒資格當老師，我自己認爲爲了學生好，結果根本沒能給他們任何幫助。」

「你做了什麼？」

「總之……所有我認爲爲學生好的事。」

加賀緊握著空水杯。或許他的情緒充滿在掌心，只見玻璃杯表面籠罩上一層白霧。

回程的西武線依舊人滿爲患。在池袋刻意錯開一班車之後，兩人在普通車的座位上並肩坐下。

「梶田老師的案子有進展嗎？」

未緒提心吊膽問道。

「我們正盡全力偵辦。持續搜查下，還會有好一陣子得到芭蕾舞團打擾。」

「我聽說老師被注射毒物，是眞的嗎？」

加賀顯得有些躊躇，一會兒之後才回答，「是眞的。」

「聽說是在外套上動的手腳……」

他輕輕點頭，來回掃視一下周圍的乘客後，將臉湊近未緒，頓時聞到一股淡淡的髮香。

「團員之中誰有機會拿到注射針呢？」

他的神色和先前不同，變得稍微嚴肅。

「注射針？」

「是的。曾經看誰拿過嗎？」

未緒在腦中模擬芭蕾舞團建築物內部，接下來思索著到各團員房間時的情景。但沒印象看過注射針筒。她告訴加賀後，他只回答，「不要緊。」

最後加賀送她到住處大樓門口，還頻頻對時間太晚表示歉意。「別這麼說，」未緒回答。

「反正回到住處也是一個人，今晚過得很開心。」

「我也是。」

「下回可以欣賞你的劍道嗎？」

未緒一說，加賀一瞬間目光低垂。雖然只是個小動作，在未緒看來卻像觸動他最敏感的部分。

「下回。」他答道，「就這麼說定了。」

未緒點點頭，朝大樓走去。

6

送未緒回到位於富士見台的住處後，加賀攔計程車回到自己的公寓。身體應該很疲憊，但今晚上樓梯時卻少了平常那份沉重，或許是自己情緒高漲的關係吧，至於原因，他也很清楚。

他抽起門上信箱裡的晚報走進屋內，先查看電話語音留言，只有一通。先前和未緒在一起時已經聯絡過總部幾次，加上傳呼機沒響過，應該不會是搜查總部的留言。

他按下播放鍵，先傳出一陣乾咳聲。就憑這點，加賀已經知道是誰打來的。

「是我。」父親沙啞的聲音從擴音器傳出來，「沒什麼特別的事。」

接著是一小段沉默。每次都這樣。

「小田原的嬸嬸，拿了張照片來要給你。我寄過去了，你要記得給個回覆。對方聽說是幼稚園老師。」

加賀望著電話嘆了口氣，又是相親。

「還有啊，我上次跟你提過，朋友的兒子出了交通意外，事情好像很複雜，找我過去商量。所以晚上我要出去一下，有急事的話就打到○○○——×××找我。以上。」

加賀嘖了一聲，暗罵了一句哪有什麼急事，不可能有急事要找老爸的。

他拿起話筒，撥了老家的電話號碼。響起三回嘟嘟聲之後，「這裡是加賀家。目前外出無法接聽電話，請留言。」傳來語氣稍嫌生硬的聲音。

「我是恭一郎。」加賀對著話筒說，「就算以前當過警察，勸你還是別太多管閒事。還有，相親幫我回絕吧。我的對象我自己找。以上。」

加賀說完後掛上話筒，馬上對自己最後說的「以上」懊悔不已，因爲那也是老爸的口頭禪。

隔天在澀谷警署會議室召開搜查會報，搜查員陸續報告目前的結果，但完全沒有稱得上是進展的內容。目前依舊找不出動機，也缺少有力的證詞，弄溼梶田外套的人依舊沒找到。

「各人的不在場證明呢？」

富井的語氣顯得不太耐煩。

「要完全確認的確不太容易。正式演出和在台上練習時都一樣，每分每秒都有舞者和相關工作人員進進出出，很多人無法在事後證明自己的不在場證明。」

臉形細長的股長表情很無奈。

「單憑在外套預藏毒針的時間來看，可能範圍太廣了吧。在那之前梶田的外套不是弄溼了嗎？這一定也是兇手幹的。這段時間誰有不在場證明？」

「這部分多少已經確定。簡單來說，如果在梶田脫掉外套前就已上台，到外套弄溼這段時間都沒離開舞台的人，就有不在場證明。」

股長說完列舉出幾個名字，一共有六人。

「排除嫌疑的就只有六個人啊？」現場有人發出失望的聲音。

「但這的確也算有點進展。」

富井敲著會議桌，摸摸自己泛著油光的臉，「嫌犯就在這幾十人之中，只要慢慢過濾，應該能輕易找出來。」

然而，要用什麼方法過濾，至今還沒找到。

負責調查注射針的搜查員，目前似乎也一無所獲。注射針其實無法在一般藥房買到，販售的店家很有限。尤其近來因爲緝毒的關係，各種相關規範變得更嚴格，可以很有效率打探消息，但還是沒得到看似和本案有關的線索。

「我們也想到，類似昆蟲採集工具組裡常附的玩具注射筒，所以還到玩具店問過。但現在賣這些東西的店家似乎很少。仔細想想，因爲昆蟲愈來愈少，自然也沒什麼人賣。」

這名叫榊原的刑警負責歸納整理注射針的相關事證。在場有人附議，會議的氣氛一下子緩和許多。

「沒想到注射針那麼難取得啊。」

富井思索。

「對醫療人員來說沒什麼吧。所以也著手調查所有相關人跟醫療界的交集，但目前還沒發現。」榊原回答。

「不是有些人會跟醫生拿藥品瓶，在家自行注射嗎？目前相關人裡面有這種狀況嗎？」

其他搜查員發問，但榊原搖搖頭。

「目前正在調查，但還沒結果。況且，一般醫師不會讓外行人自行注射，除非具備護理師資格，或是有類似資格人士在場才行。黑道分子的話，有可能自己注射毒品，但現在也沒找到可能涉案的人。」

「但兇手確實使用了注射針吧？如果不是原本持有，還是要有取得途徑。再稍微擴大範圍找找吧。」

「不，應該沒必要。」

加賀在一群資深刑警的討論中發言，所有人的眼光瞬間集中在他身上。

「爲什麼？」富井問他。

「我思考了一下兇手採取這種行凶手法的理由。」加賀說明，「我想優點應該是不需要直接下手，或是即使失敗也不會敗露身分。除此之外，對兇手來說這也是一個很方便的手法。我所謂的方便，指的是不需要太多事前準備。包括舞者在內，所有相關工作人員爲了這次演出幾乎不眠不休。如果還得跑大老遠弄一根注射針，搞得那麼複雜的話，早就該改想其他方法了。」

「我懂你的意思，不過到底是如何取得注射針？」富井問。

「我覺得好像哪裡有盲點。」加賀回答，「生活中應該有更輕鬆取得的方法。」

就是想不出來才這麼辛苦，在場有人嘟囔。富井制止那些聲音：

「好，這方面大家分頭討論，看看有沒有遺漏的地方。」他做了總結。

最後，當天的會議並沒做出結論。只像之前一樣，徹底調查梶田的過去、人際關係，以及毒針的線索。

加賀和太田分配到的工作是風間利之的相關調查。此外，加賀認爲或許有人在藝術上的見解和梶田起了爭執，這部分也繼續追蹤。

這天兩人先到石神井警署，聽說赴美的搜查員已經獲得一些風間在紐約時的消息。

「可能不是什麼重大發現。」

搜查主任小林看著一紙報告說道，「據他們在當地調查的結果，風間不太跟日本人來往，交友也多以美術學校的同學爲主。只不過那時常在一起的幾個朋友中，好像只有一個日本男性。」

「是誰呢？」加賀問他。

「可惜的是沒問出名字。風間向其他朋友介紹過一、兩次，但幾乎沒人跟他說過話。只是那個男的好像不知道是酒精中毒還是生病，總之臉色很差，雙眼混濁。」

「同一時期高柳芭蕾舞團裡有梶田和紺野去紐約，聽起來跟這兩人的模樣差很多。」

「嗯，所以目前要他們先找到這個人的下落。」

「找得到就好了。」

太田的表情看來不抱太大期待，搜查主任也無奈地點點頭。

「還是找不出風間跟高柳芭蕾舞團的交集嗎？」

加賀換個話題。

「好像什麼也沒找到。據說紐約芭蕾舞團就在附近，但從來沒聽他聊起過。」

換句話說，到現在還是不明白風間利之溜進高柳芭蕾舞團辦公室的原因。

加賀和太田離開池袋，到風間的女友宮本清美打工的服裝店。那家店位於車站附近一家服飾賣場三樓。

兩人抵達時，清美正和另一名店員交談，店內沒有顧客。加賀一出聲，她便轉過頭，表情有些驚訝。

「是刑警先生。」清美對女同事說。之後轉頭看著加賀問道，「有什麼事嗎？」她似乎也沒有太困擾的樣子。

有點事想請教，聽加賀這麼說，她點點頭，跟女同事交代幾句。對方輕聲回應後，清美笑道，「麻煩啦。」說完朝加賀走過來。

「我可以暫時離開三十分鐘。附近有家店的蛋糕很好吃，我們去那邊吧。」

清美飛快說完後，挽著加賀的手臂。

她推薦的是同一棟大樓裡的店，蛋糕種類的確琳瑯滿目。環顧店內，清一色都是年輕女孩，加賀等人感覺十分彆扭，清美卻絲毫不以爲意地吃起了優格派。透過玻璃桌看得到她黑色迷你裙下的一雙腿，這又讓加賀等人忐忑不安。

加賀拿出梶田的照片給她看，她當場搖搖頭，說並不認識這個人，也沒聽過梶田這個名字。

「麻煩仔細想想。」太田對她說，「妳男朋友去紐約時，這個人也在那邊，所以可能在他剛回國時曾經提過這個人。」

清美聽了不太高興地皺起眉頭。

「我眞的沒聽過！而且他也不太跟我講在紐約時的事。」

「爲什麼不提呢？」加賀提出疑問。

「誰知道。」她聳聳肩，「可能嫌麻煩吧。」

她。

「那先不管梶田這個人。妳聽他說過在紐約認識什麼日本朋友嗎？」

太田稍微改變問題方向，看來是基於先前在石神井警署聽取的報告。

沒聽過耶，清美偏著頭想了想，但臉上突然閃過一絲異樣神情。「想起什麼了嗎？」加賀問她。

「可能根本不相干吧。」她先這麼說。加賀和太田探出身子。「他回國後沒多久，有一次在住處突然要我當他作畫的模特兒。」

「模特兒？裸體嗎？」

太田一說，她立刻皺起一張臉，「才不是咧。嗯，不過倒穿得滿少的。」

她輕輕吐了一下舌頭。

「妳之前沒當過他的模特兒嗎？」加賀問她。

「沒有，因爲他畫的不是那種畫。」

「爲什麼只有那次要妳當模特兒呢？」

「不知道。」她搖搖頭，「我們倆在屋裡時，他突然說『欸，清美，妳轉過身站著。』我照著做，他就拿起素描本作畫，不過只畫幾筆就停了。」

「爲什麼呢？」

「一開始他說什麼『模特兒還是差了點』。很差勁吧。我聽了之後很生氣，他趕緊笑著道歉，後來又自言自語說『如果離開日本，給自己一點壓力，我是不是也能畫出那麼好的作品呢。』當時我猛然想到，他是不是在紐約受到了其他人的刺激。」

嗯嗯，太田望了加賀一眼。加賀點點頭回應，這部分確實耐人尋味。

之後沒能再從清美口中問到什麼。離開店家時，清美問加賀：

「這個案子到底什麼時候才能水落石出呢？」

她指的自然是風間死亡的案子。

「他真的不是那種摸進別人家偷東西的人。刑警先生，拜託你們一定要查清楚。」

「我們會的。」

加賀說完，原本眼神認真的清美突然露出微笑。

「剛才店裡的同事說，你真是個優質刑警，我也很相信你。」

她揮揮手離開了。直到看不到她的身影，太田才嘆口氣說：

「真不知道這女孩是情緒轉換得快呢，還是神經太大條。」

「但她某部分很敏銳哦。剛聽她轉述風間說過的話，確實暗示很可能有其他人存在。」

「換句話說，就是風間在紐約認識的人嘍？」

太田一說完，西裝外套裡響起一陣嗶嗶聲，是傳呼機。他連忙按掉，「不知道發生了什麼事？」他東張西望，看到手扶梯旁就有公用電話。

太田回電時，加賀反芻著剛才清美那番話。爲什麼風間只有那次要她當模特兒？是不是表示，那個對他造成影響的人畫了這類女性的人物畫？

看來風間在紐約時往來的日本人是關鍵。

加賀想到這裡，看到太田掛斷電話走了回來。一看到他的表情，加賀直覺事態嚴重。果然太田說了：

「到高柳芭蕾舞團去吧。」

「發生什麼事？」

「又有案子了，這次是柳生講介遭殃。」

第三章

1

加賀和太田抵達高柳芭蕾舞團時，是下午近三點。石神井警署的搜查員已經展開現場蒐證，梶田案搜查總部派的幾名搜查員也趕到了。

石神井警署的小林警部補，靠在走廊牆邊看著鑑識人員工作。加賀走過去問他，「柳生呢？」

「送到醫院了。應該不要緊。」

「沒有其他人喝到嗎？」

「沒有。好像是摻在柳生帶來的水壺裡。」

「是哪一種毒物？」

「還不知道。」

小林臉色擺明了很不高興。上一個案子還陷在死胡同裡，居然在他的轄區內又發生新的案子，也難怪他這麼悶。

加賀看了看練習室裡的狀況。舞者無事可做，但這種時候總不能還繼續練習，因此有的在地板上做些柔軟伸展操，有的抓著扶槓簡單活動身體，也有人蹲在地上低著頭，一動也不動。

淺岡未緒站在鏡子前發呆。加賀凝視她好一會兒，她才似乎察覺轉過頭。他輕輕點一下頭，試圖表示不需擔心，卻不知道她有沒有看到這個小動作。

「柳生的水壺裡裝了什麼？」加賀問小林。

「今天是咖啡。」

小林回答後，指示旁邊的年輕刑警把水壺拿來。

「為什麼說今天？」太田插話問道。

「柳生好像每天都自己帶便當，水壺裡的飲料也會隨著便當菜色改變。今天帶的是三明治，所以是咖啡。」

「所以要是帶日之丸便當（*1），就配日本茶嘍？」

太田這麼說。

「就是這個意思吧。不過這些人可能連日之丸便當的名字都沒聽過。」

小林回答時帶著苦笑。

年輕刑警拿著水壺過來，小林直接遞給太田。水壺裝在一只大塑膠袋裡，應該已經採完指紋，但加賀等人還是戴著手套。

「聞起來是咖啡。」

太田打開壺蓋，湊近鼻子嗅一下。水壺是耐撞擊的不銹鋼材質。

*1 飯盒裡裝滿白飯，只在中央放一顆醃梅乾的便當。

「很香吧。完全想不到被摻了毒。」
「但事實上有毒吧？」
「大概是，你要不要喝喝看？」
「那倒不必。」
太田將水壺遞給加賀。加賀確認壺蓋內側是溼的之後說：
「他好像把壺蓋當杯子用。」
「看來是這樣。」太田也點頭同意。
「什麼時候喝的？」
「中午休息時間。正確時間是兩點左右。有幾個人目擊，所以當時的狀況很清楚。柳生在休息室準備吃午餐，飯前先喝了咖啡。當時他好像立刻察覺不對，據說喝了兩、三口就發現有怪味。然後正當他感到納悶，要拿起三明治吃時，突然覺得很難受，倒在地上時還說他胃和頭都很痛。同時臉色蒼白，直冒冷汗。在場的幾個人嚇了一大跳，連忙找其他人來幫忙，才由匆忙跑過來的行政人員報警和聯絡醫院。一般狀況下應該會先找醫師，等診斷完再報警，不過先前接二連三有狀況發生，所以團員才會採取這樣的因應措施吧。」
所以凡事總能適應的，太田莫名其妙地佩服起來。
醫師立即判斷這是中毒的症狀，先進行催吐之後，再讓柳生聞阿摩尼亞刺激神經。好不容易呼吸稍微恢復規律時，警車就來了。

「柳生只喝了咖啡嗎？」

加賀蓋上壺蓋問道。

「是的。三明治還沒吃。」

「水壺原本放在哪裡？」

「在更衣室中柳生的置物櫃裡，不過櫃子並沒有上鎖。」

「眞危險。」

「應該是信任舞團裡的人吧。」

小林說完之後連忙訂正，「不對，應該說之前很信任。」這一改口，也忠實呈現了高柳芭蕾舞團內部目前的變化。

太田去查看更衣室，加賀則走進練習室。以往這個房間裡總是充滿熱氣與汗水，感覺很悶，今天的空氣卻顯得冰冷。舞者也各自披上外衣。

加賀走進去，卻沒人有任何反應。或許這也是太田所說，是一種已經適應的現象吧。只有未緒一雙烏溜溜的眼睛看著他。

他毫不猶豫走到她身旁，乾咳了一聲後低聲說：

「嚇著了吧？」

他本來差點脫口說出，昨天玩得很開心，但目前的狀況說這話實在不恰當。

未緒垂下濃密的睫毛，代替點頭回應。只見她眼眶泛紅，臉頰到頸部一帶卻沒有血色，異常蒼白。

「他……柳生先生每天都帶著水壺嗎？」

加賀對於稱呼柳生爲「先生」有些排斥，顯然是想起他挑釁的眼神。

「是的，幾乎都會帶。」

「這件事大家都知道嗎？」

她聞言轉了轉眼珠子，看看周圍的舞者後回答：

「我想幾乎所有人都知道。或許見習生和芭蕾舞學校來幫忙的人不曉得吧。」

加賀理解她的說明後，也像她先前那樣側眼環顧一下練習室。這時他彷彿了解舞者異常安靜的原因。也就是說，他們開始體認到兇手就是自己人。

「他平常也是午休後才喝水壺裡的飲料嗎？」

他壓低聲音繼續發問。

「是的。」未緒明快回答，「我從沒看柳生在上午練習時喝過。」

這麼說來，兇手只要趁柳生在更衣室換衣服到午休的這段時間裡，在水壺裡下毒就行了。

「換個話題。」加賀說道，「平常練習時，要中途溜出練習室，會不會很難？」

這個問題暗示了兇手就在舞者之中，但未緒也沒露出太敏感的反應。

「偶爾有人溜出去上個廁所，但並不常見。」

「今天呢？」

「印象中沒有。」

加賀心想，就算有，那人應該也不太可能是兇手。因爲這麼做很容易啓人疑竇。也就是說，兇手應該在練習之前就潛入更衣室下毒。

加賀原本想問她知不知道有誰會想毒害柳生，不過突然察覺在這種場合下問這種問題似乎太缺乏警覺心，於是只道了聲謝就走出練習室。

到了更衣室，鑑識人員剛採完指紋。一．五坪左右的空間裡，一進去的左側牆邊排放了十座置物櫃，加賀問了旁邊年輕搜查員柳生的櫃子是哪個，搜查員指著最前面、相對之下較新的一座。

「好像只有很資深的團員才能使用置物櫃。」

突如其來的話聲讓加賀轉過頭，看到太田站在門口。「柳生在台上雖然是準主角級，但就年資來說，好像勉強擠進前十名，所以剛好分配到最後一個置物櫃的使用資格。」

加賀點點頭，繼續往內走。最靠裡面的是梶田的櫃子，旁邊則是其他教師的櫃子，就連紺野的都在靠外側的前半邊。

房間內側有扇窗，看得到窗外開著杜鵑花。加賀檢查一下窗上的鎖。

「看不出窗戶被打開過。」

太田似乎了解他的想法，走過來在他身後說，「窗框縫隙間積了灰塵，如果打開過應該會留下痕跡。」

「如果大搖大擺地進出這裡，應該會引起男性舞者懷疑吧。」

「話是沒錯，但也無法斷定。據說團裡的男性舞者比女性換裝時間早很多，然後就直接進練習室。換句話說，當這個更衣室空無一人，還有很多女性舞者留在隔壁更衣室。或許其中一人可以趁機偷偷進來下毒，然後在別人不注意時離開，這樣也不是沒道理吧。」

「作案手法眞是大膽。」

「這次的兇手的確很大膽。」

接著太田又壓低聲音，「不知道動機是什麼，但會想在這種地方下手殺柳生，光這個行爲就不是膽小鬼辦得到。畢竟這麼一來可是大大縮小了嫌犯的範圍。」

大膽正是女人的特色，太田補上一句。

當晚在澀谷警署搜查總部，針對這起案子報告。負責的轄區當然是石神井警署，但因研判和梶田案有關，實際上採取聯合搜查的形式。會議室裡擠滿了大群搜查員。

小林先說明案情經過，在描述到更衣室的相關內容時，並沒有特別值得關注的地方。

然而，和先前會議中最大的不同，就是關於犯案動機，已掌握幾項線索。

「柳生講介好像認爲殺害梶田的兇手和風間利之是同夥。」

名叫鶴卷的瘦削資深刑警，看著在場所有人說著，「柳生認爲只要釐清風間溜進高柳芭蕾舞團的動機，就能證明齋藤葉瑠子是正當防衛。於是打算以剛才說的推論爲基礎，找出梶田和風間的關係。很多團員都聽到他信誓旦旦說過，要設法救葉瑠子脫困，就算懷疑芭蕾舞團員也在所不惜。」

加賀想像柳生那副模樣，忍不住揚起嘴角笑了。那個人會這麼大放厥詞也不奇怪。

「柳生有什麼具體行動嗎？」富井提出疑問。

「這部分舞團事務局長坂木的供詞挺耐人尋味。」

鶴卷稍微鬆開領帶，「根據我們已經掌握到的消息顯示，梶田在兩年前去過紐約，同一時期風間也在那邊。那段時間梶田不只待在紐約，還到美國其他地方和加拿大的芭蕾舞團考察。據坂木說，柳生曾拜託想看看當時的紀錄。原因是自己遲早也想去考察一趟，可以當作參考。聽說柳生昨天練習後就一個人留在辦公室裡看那些資料。」

在場的搜查員聽了議論紛紛。

「兩年前梶田在紐約的狀況，我想派過去的搜查員應該也調查得很仔細。」

「正在持續調查。」小林回答，「但目前什麼也沒找到。也沒發現他和風間接觸的紀錄，所以我們打算擴大搜查範圍，不再限於兩年之前。」
「先前查到風間在當地認識的日本人，不會是梶田嗎？」
小林聽了太田的問題搖搖頭，「已經把照片傳過去請證人看過，對方說不是。」
「所以柳生將重點放在梶田紐約以外的行程啊。」
富井問其他團員知不知道柳生的調查行動。鶴卷回答應該幾乎所有人都知道，因爲大家都聽到坂木和柳生的對話。
「如果兇手聽到這件事之後想除掉柳生，就表示柳生想調查的部分正指向這起案子的核心嘍。」
在場一名搜查員這麼說，富井噘起下唇，一臉不耐煩地點著頭。
「柳生這個人一開始就讓人感覺不太合作，居然還隱匿這麼重要的訊息。希望這次能讓他學到一點教訓。對了，他現在狀況怎麼樣？」
「今晚先讓他休息，明天早上就能找他問話了。」
一名年輕搜查員回答。
「有人監視嗎？」
「已經派了。」
「好，再提醒一下。如果柳生眞是因爲剛才討論的理由而被盯上，兇手第一次沒成功，很可能會再下手。」

「不知道能從柳生口中聽到什麼消息，眞是期待。」

「沒錯。要是能一舉解決就好了——」

富井話說到一半，就被拿著報告走進來的鑑識科人員打斷。他瞄了一眼報告便向眾人說：

「毒物檢驗報告出來了，果然又是尼古丁。判斷應該是浸泡菸草葉製成，跟梶田中的毒一樣，不過濃度比上次低很多，應該是摻入咖啡裡稀釋了。大概因爲這樣，柳生才沒送命。」

「是的。」鑑識人員回答，「尤其這次不像上回是以注射方式，而是口服。就兇手而言，應該希望濃度愈高愈好，但對被害人來說倒是很幸運。」

「表示兇手這次也慌了手腳嗎？這麼一來柳生的供詞就更値得期待了。對了，派人盯住芭蕾舞團了嗎？」

聽到由幾個人輪流盯梢後，富井滿意地點點頭。今晚是梶田的守靈夜。

2

守靈夜的會場距離梶田住處約幾十公尺。

坂木和幾名辦公室的行政人員忙著進進出出，來了一大群舞者和演出相關工作人員，因此並沒有太刻意的安排，但不可否認，整個會場都籠罩在一股異樣的氣氛中。這也難怪，畢竟梶田一案還沒解決，白天柳生差點遭到毒手的事也已經傳開。或許因爲這樣，出席的人雖多，但幾乎所有人都匆匆離去，大家可能都害怕自己會是下一個目標。

未緒坐在距離棺木最遠的位子，和亞希子她們一起喝了一點酒。心情上很想早點離開，但她們一走，一定會有一倍以上的舞者跟著離場。想想這樣似乎有點對不起梶田，所以始終鼓不起勇氣。

「這簡直是瘋了嘛。」

斜對面的紺野，掌心貼著微微泛紅的額頭，「居然想謀殺自己人。這是什麼狀況！大家一起奮鬥這麼久又算什麼！」

「紺野，我看你喝多了吧。」

女老師中野妙子對他說。

「我沒醉啦。我只是不甘心。明明得同心協力才能在舞台上好好演出，怎麼會有這種叛徒混進來呢！」

「你聲音太大了啦。」

被妙子告誡後，紺野閉口噤聲，喝光杯裡的酒。

未緒靜靜看著他，旁邊的靖子突然湊過來咬耳朵。

「欸，今天早上最晚到練習室的是誰呀？」

未緒聽了直瞪著靖子。她也想找出在柳生水壺裡下毒的人嗎？

「嗯，我忘了耶。」未緒回答。她沒說謊，她從來沒注意過這種事。

「是哦……也對。我也沒印象。」

靖子接著又問，「欸，練習中有人溜出去嗎？」

「我想應該沒有。」

「果然是這樣。」

靖子說完輕輕咬著大拇指指甲，這是她陷入沉思時經常出現的習慣動作。

「早上我和妳一起走出更衣室，之後我們倆一直在一起吧。」

她啃著指甲問道。

「是啊。」未緒回答。

「亞希子也在嘛。」

「嗯。」

平常三人早上都會在更衣室裡碰頭，然後一起到練習室。

「我怎麼啦？」

坐在對面的亞希子似乎聽到未緒和靖子的對話，露出一臉詫異。未緒猶豫著如何回答時，靖子直接說了剛才的對話內容。但亞希子臉上的表情依舊未變。「那又怎麼樣？」

「也就是說，」靖子邊說著，眼神迅速掃過周圍後，朝亞希子探出身子，「從一早就和別人在一起的，應該就不可能往柳生的水壺下毒了。這麼一來，我們就不會被懷疑。」

「哦，原來是這樣呀。」

亞希子輕輕點一下頭，似乎理解了，但她的表情顯然對靖子的想法沒什麼太大興趣。「話是沒錯，但這也不能肯定絕對不可疑。比方說，也可以在早上碰到其他人之前就先動了手腳。」

「但那時候男用更衣室可能有人在吧。」

靖子還沒說完，亞希子便搖頭否定。

「但也不是絕對不可能嘛。」

靖子聽了她的話，大概找不到有力的反駁，只好默默低下頭。亞希子見狀，對靖子微笑說，「不要緊的，沒有人會認爲我們三個其中有人是兇手，我只是想說，警方的想法沒那麼單純。」

靖子聽了深深行了一禮，小聲說句對不起。

大約一小時後，未緒等人離席。一如預期，那群新人舞者似乎就等著這一刻，也紛紛準備打道回府。

走出會場時，亞希子主動問未緒能不能陪她一下。未緒原本和靖子往車站方向走，於是向靖子打過招呼後，和亞希子一起離開。

「後面有人跟著我們呢。」

兩人靜靜走了一會兒，亞希子這麼說。未緒轉過頭，卻沒看到身後有人。

「跟蹤的技術很高明。」亞希子說，「不過無所謂。」

她指的是刑警。

「往後也會一直跟著嗎？」

「大概吧，會一直跟到破案。」

亞希子語氣憂鬱地回答。

兩人到了常來的「ＮＥＴ　ＢＡＲ」，坐下來沒多久就有兩名陌生男子低著頭走進來，坐在吧台前。

「別理他們。」

亞希子說著，連正眼也沒瞧那兩人一眼。未緒也直視著亞希子點點頭。

老闆來到桌邊，端給亞希子一杯烈酒加冰，還有一杯水，在未緒面前則放了熱騰騰的烏龍茶。或許他也察覺到那兩名男子的身分，所以平常習慣閒聊幾句的，今天也默默回到吧台裡。

「我就挑明問了。」亞希子啜了一口蘇格蘭威士忌後說，「柳生的事，妳有什麼線索嗎？」

未緒猶豫了一會兒，說出她耿耿於懷的部分。就是柳生打算調查梶田兩年前赴美的行程。

「這件事我也很好奇。其他還有嗎？」

沒有了，未緒回答。

「這樣啊。」

亞希子的視線轉向旁邊牆壁，輕晃裝有冰塊的酒杯，發出喀啦喀啦的聲響。「欸，妳覺得想殺柳生的，跟對梶田老師下毒手的會不會是同一個人？」

未緒捧著裝有烏龍茶的玻璃杯取暖，「不太清楚，但我覺得應該是同一個人吧。」

「爲什麼？」

「因爲我覺得行爲這麼殘忍的人，不會有兩、三個那麼多吧。」

亞希子聽了抿著唇微微一笑，把一頭長髮往後攏。

「也對，眞是太殘忍了。」

接著她又恢復先前嚴肅的表情，「如果兇手是同一個，又是團員之一，那得盡快找出來才行。」她說道，「有什麼好辦法嗎？」

話雖如此，未緒也不可能想到什麼好方法。她靜靜啜了口烏龍茶，又以雙手捧著杯子。

「未緒，妳今天和加賀刑警談過話吧？」

亞希子把聲音壓得更低後說道。未緒點點頭。

「他對案子有什麼看法？鎖定兇手了嗎？」

「沒有，他沒提起這些，只是問了一下今天早上的狀況。」

「是嗎，眞可惜。」

亞希子說完後，又將威士忌端到嘴邊，卻突然停下來，把酒杯放回桌上。

「梶田老師外套被弄溼一事。」她說，「如果也是兇手幹的，外套被弄溼的時候，也就是開始練習之前，確實有不在場證明的人，就不在警方懷疑的名單內吧。」

「這一點我也注意到了。」未緒直視亞希子的雙眼說。

「其實我已經不著痕跡地問過大家了。」

「問不在場證明嗎？」

未緒沒來由地感覺背脊竄起一股寒意。

「沒錯。然後呢，當時連碰都碰不到老師外套的人，我已經掌握到幾個名字，這些人就可以排除涉嫌。」

亞希子邊說邊以手指沾了水，在桌面上寫起片假名，是幾個人的名字。薰、貴子……一共六個人。

未緒抬起頭後，「妳記下來了吧。」亞希子說完就拿起杯墊，將桌面的名字擦掉。

「這種小事警察一定也查到了。」

未緒端起杯子到嘴邊，啜了口烏龍茶。不知不覺突然口乾舌燥。

「欸，未緒。」

短暫的沉默之後，亞希子眼光迷濛，對著酒杯低喃，「柳生爲什麼沒死呢？」

咦!?未緒一不小心拉高音量。這下應該被那兩名刑警聽到了，但亞希子似乎不以爲意。

「我覺得很怪。」她接著說，「梶田老師那次成功用了那麼巧妙的殺人手法，對吧？這次怎麼會失敗呢？」

「不是因爲柳生喝下的毒物量不如兇手預期嗎？還有，說不定他的體質沒那麼容易中毒。」

「是這樣嗎？」

亞希子輕敲著自己太陽穴一帶，一臉納悶，「但如果眞的打算置他於死地，一定有萬無一失的作法，像是多用一點之類的。」

「不知道耶……」

未緒有些嫌棄自己，爲什麼腦袋的反應這麼遲鈍呢？剛才亞希子提出的那幾個問題，她一個都答不上來。

「假設兇手一開始就沒想殺了柳生……」

聽著亞希子喃喃自語，未緒驚訝地睜大眼，「不會吧。爲什麼要大費周章這麼做？」

亞希子舔了口威士忌，拿起冰涼的酒杯輕碰額頭。

「也對。」她說道，「不會有這種事吧。」

然而，她眼中那道若有所思的光芒卻始終沒有消失。

3

隔天早上，由加賀和太田兩人負責找柳生訊問案情。天空一片陰鬱，加賀帶著傘走出搜查總部。

柳生被送進的醫院是棟四層樓建築，面對大泉學園的大馬路。車子一駛過便揚起漫天塵埃。加賀皺著臉推開醫院玻璃門。

柳生住進四樓的單人病房。加賀敲敲門，聽見一聲無精打采的回應。他打開門後，柳生一見到來者是加賀等人，臉色變得更難看。

「精神還不錯嘛。」加賀跟他打聲招呼，看看太田。太田也笑咪咪地說，「這樣就能慢慢聊了。」實際上兩人也已經取得主治醫生的同意。

「我現在胸口還悶悶的。」柳生一臉厭煩，「怎麼會遇上這種倒楣事。」

「話說回來，這也算不幸中的大幸。」

加賀邊說邊環顧室內。整間病房除了四面白牆，就只有病床和椅子。由於這間房在大馬路反側，不必受廢氣和噪音之苦成了唯一優點。

「再說，這次的事也可說是自作自受吧。」

「爲什麼？」

柳生大感意外，拉高了音量。

「因爲你一個人輕舉妄動啊。」

太田說著，拉過椅子坐下。室內僅有的一把椅子被搶走，加賀只好坐在窗台邊。

「請你說說吧。」太田向柳生招招手，「你現在掌握什麼消息，打算找出什麼。」

柳生在病床上坐起上半身，看看加賀和太田之後緩緩搖了頭，「我不懂你在說什麼。」

「你不是誇下海口說要靠自己破案嗎？所以才調查梶田先生兩年前在美國時的行程吧？」

聽太田一問，柳生瞬間垂下視線，接著抬起頭直視刑警的眼睛。

「其實我沒誇張到想破案，只是想盡力救葉瑠子出來而已。我想，如果知道老師和風間是什麼關係，應該就能弄清楚那傢伙溜進芭蕾舞團的動機。從兩人的交集去推測，很自然會想到去調查老師前年的美國行吧？」

「聽說除了紐約之外，你還調查了其他地方？」

「因爲老師兩年前在紐約的事，警方早就知道而且展開調查吧？但好像還沒任何結果，所以我才打算查查老師在其他地方的紀錄。」

講到這裡，他似乎有所察覺，睜大了雙眼，「欸，難不成我是因爲這樣才被盯上的？」

「目前我們是這樣研判。」

太田說完，柳生馬上別過頭，搖了搖手表示怎麼會有這種蠢事。

「我什麼都還沒找到，這樣也需要對我下毒手嗎？」

「大概認爲等你找到就太遲了吧。」

一旁的加賀說道，「或者還有其他被盯上的理由呢？」

「哪有這種事。我昨天一整天都在被窩裡苦思，爲什麼兇手殺了老師之後還要殺我？原來是這麼回事，兇手要在被我揪住狐狸尾巴前先除掉我。」

柳生用右拳捶了一下左手，卻又偏起頭來，看著刑警說，「不過，實際上我根本還沒行動，難道這樣也讓兇手覺得不自在嗎？」

「你原先到底打算怎麼調查梶田先生在美國的事呢？」加賀問他。

「就是先列出老師去過的地方，然後一一確認風間是否也到過那些地點。」

「要用什麼方法？」

「具體作法還沒決定，但我想過寫信詢問各個芭蕾舞團也不失爲一個方法。」

「你曾將這件事跟其他人說嗎？」

「沒有，我沒跟別人說，也沒必要吧。」

加賀和太田相視一眼。看來柳生不像在說謊。

「聽說你前天在辦公室看過梶田先生赴美的紀錄。」太田問他。

「是啊。」

「當時你做了筆記嗎？」

「有，我記得放在家裡書桌抽屜。」

「可以借我們看看嗎？」

「無所謂，不過拜託你們好好講。我媽剛才在這裡，整個人跟瘋了一樣，費了我好大工夫才把她勸回家。」

「我們會特別留意。」

太田笑著站起來，「我跟總部回報一下。」他對加賀說完便走出病房。光是和被害人談話，這一點就讓搜查總部抱以相當大的期待吧。但就加賀本身的感想來說，他並不怎麼樂觀。

「回到剛才的話題，你想不出其他被兇手盯上的原因嗎？」

坐在窗台上的加賀在等待太田時問道。

「沒有。」柳生回答，「有的話我會照實說，誰都不想送命吧。」

「這倒是。」

「坦白說，我眞不甘心，居然在這個時候碰上這種事。眼前還有一場大型演出。」

「你說的是《睡美人》的橫濱公演嗎？你的角色是青鳥吧？上次眞可惜沒看到，我還特地買了票呢。」

那天也沒看到未緒飾演的佛洛麗娜公主。對加賀來說這才是最大的遺憾。

「青鳥是個很有挑戰性的角色。這可是男性舞者少數能盡情發揮的舞碼之一。大家都想爭取。」

「是嗎？」

加賀把右腳蹺在左腿上，鬆開領帶，「想請教一件有點失禮的事，不要緊吧？」

柳生冷冷哼了一聲，「先前那樣還不夠失禮嗎？只是我寬宏大量沒發脾氣而已。」

「那眞是多謝了。」加賀說道，「你剛才說，如果好一陣子沒法康復的話，就會有人取代你的角色吧。」

柳生猛地抬起臉，眨眨眼睛，露出「那又怎樣？」的表情。

「這種狀況下取代的人選已經決定了嗎？」

「沒有。」柳生回答，「但總有辦法解決的。大多數人除了自己負責的角色之外也會多練習幾個部分。尤其青鳥更是典型中的典型，很多人在參加比賽時都挑選這個角色。應該有好幾個人都會跳，不過，我說的是姑且能跳，夠不夠格上台讓觀眾甘願付門票，又是另一回事。」

柳生講到「姑且」這兩個字時，語氣稍顯強硬。

「或許如此吧，但只要沒有你，這份具挑戰性的工作就會有人接替。」

「話是沒錯。」柳生說到這裡，似乎察覺到加賀的想法，揚起嘴角笑了笑，「但絕不可能有人因爲覬覦這個角色而想殺了我。」他說，「我可以跟你賭一把。」

「是嗎？」

「是的。舞者不做這種事，也做不出來。那些連續劇裡常有一些老掉牙的劇情，像什麼爲了爭奪首席舞者的寶座陷害對方，但現實生活中絕不會有這種事。舞者對於自己的舞蹈有一種潔癖，會客觀掌握自我和他人的實力差距。遇到比自己優秀的人時，本能上就不可能壓過對方只求自我表現。想要哪個角色就靠實力爭取，這是唯一的辦法。外人看來覺得我們很優雅，實際上生存競爭是很激烈的。」

加賀聽了點點頭。既然連柳生這種個性的人都講得如此慷慨激昂，實情應該就是這樣。況且，以常識來判斷，光爲了這種理由就殺人似乎也太不實際。

「意思是說，你們是從這場生存競爭中一路獲勝嘍？」

「我不太想以勝負來形容。有人從一起步就出類拔萃，像亞希子或紺野就是這類人。我跟未緒算是長期奮鬥上來的。」

「原來如此。對了，你每次都和淺岡小姐搭檔嗎？」

「這陣子都是，至少在這次公演結束前都會維持搭檔關係。」

說完之後，柳生眼神呆滯了一會兒，然後喃喃低語，「對哦，也得爲她著想，除了我再也不能讓其他人演青鳥。」

「你的意思是默契不夠嗎？」

「可以這麼說。」
柳生按摩一下自己的頸子，雙手放在頭上相扣，大大地伸展了一下。
離開醫院時滴滴答答下起雨，灰色的柏油地上像撒滿小黑點，空氣中感覺沒那麼多灰塵了。
加賀撐起帶來的雨傘，太田也拿出摺傘。
「今天是梶田的告別式吧。」
往車站走一小段路後，加賀說道，「我想過去看看。」
「那種場合看了也沒什麼幫助吧。」
「想先知道一下都是哪些人到場。」
「嗯，這倒是有必要。」
太田停下腳步想了想，「那我去石神井警署嘍。」
「我中午就回去。」
加賀轉個方向，朝告別式會場去。
雖然下著雨，會場中滿是出席致哀的人，絡繹不絕。照理梶田沒什麼親戚，但現場很多年紀較大、看起來氣質很好的人。看看一排排花圈上的名字，都是政界人士或一流大公司總裁等。從這一點也可看出，梶田康成的地位不僅是某個芭蕾舞團的導演而已。

他在距離弔唁人群稍遠處觀察，看到團員依序進入拈香，這時擴音器不停傳來各界弔文，又是一連串財政界名人的名單。

拈完香的團員似乎打算直接回舞團練習，朝著加賀所在的方向走來。他趕緊把雨傘放低遮住臉，走到路邊。

紺野和高柳亞希子等人和他擦身而過。大概是從舞團出來時還沒下雨，一行人都沒撐傘。

加賀走在他們後面，看到未緒的身影。她穿著一件黑色洋裝，胸口別了一只淡紫色胸針。加賀以傘遮臉，眼神緊跟著她的背影。

咦？她突然停下腳步，加賀不禁愣了愣。而且她整個人像鬆掉發條的洋娃娃，動作極不自然。

接著她扭動脖子，左顧右盼後緩緩移動腳步，在附近一處轉角轉了彎，但這並不是回舞團的路。

奇怪了？——加賀往前走，跟著她轉進轉角。

加賀一瞬間心想，她消失了！因爲那是一條死巷，而且沒看到她的人影。但那只是加賀的錯覺，因爲她正面對牆壁，站在陰暗的角落。一頭長髮被雨淋溼了。

「妳怎麼了？」加賀問她，她卻毫無反應。

「淺岡小姐。」他喊著她的名字走近。這時，她抬起頭，轉過來看著他。

未緒似乎被加賀的出現嚇了一大跳，睜大眼睛，深深吸了一口氣。接著她閉上雙眼呼氣，手緊貼在胸口像要抑制急遽的心跳，臉色比平常更加蒼白。

「妳怎麼了？」加賀又問了一次，「身體不舒服嗎？」

未緒凝視著加賀，嚥了一口氣對他說，「拜託你。」

「帶我去個沒人的地方，像是公園……」

「淺岡小姐……」

加賀直覺現在不是追究她發生什麼事的時候，他向未緒伸出手，未緒也順勢抓住。

加賀盡量把傘撐低，好讓其他人不會看到她的模樣，一面往大馬路上走。這雨下得還眞是時候。

他攔了一輛計程車，要司機到石神井公園。未緒始終緊抓著他的右臂，全身微微顫抖。加賀直覺認爲，她顫抖的原因不僅是頭髮淋溼。

抵達公園時，未緒總算不再發抖，雨也停了。兩人下了計程車，朝公園入口走去。路旁的一排樹木可能因爲雨水沖刷掉累積已久的塵埃，每一株都顯得生氣勃勃。

兩人走在公園的樹林裡，迎面沒見到任何人。遠離車道之後，似乎就連噪音也被吸收掉。腳下的土壤吸了適量的水分，每踏出一步都發出讓人覺得舒服的聲響。

加賀看到一處休憩涼亭，靜靜走過去坐在長椅上，同時從口袋掏出手帕鋪在旁邊。未緒幾乎沒有躊躇就坐在他的手帕上，然後直盯著放在腿上的一雙手。

加賀聽到踩著土壤的腳步聲，抬頭一看，一名看似父親的男子牽著三歲左右的小女孩走過來。他側眼一瞥，發現未緒也看著那對父女。

父女對加賀兩人完全沒興趣，他們來到長椅旁的自動販賣機前。「我要柳橙汁。」小女孩說了之後，爸爸便投入百圓硬幣，按下按鈕。罐裝飲料在一陣喀啦喀啦的聲響中掉下來，爸爸拉開拉環後遞給小女孩。小女孩邊走邊喝了一口，然後還給爸爸。爸爸也在喝幾口後又給了女兒。這對父女就這樣漸漸遠離加賀和未緒。

等到再也看不見父女倆之後，加賀先說了。「我們也喝點東西吧。」他覺得似乎可以開口談談了。但未緒沒回答，反而是唇邊泛起一抹輕笑問道：

「你知道我現在正想些什麼嗎？」

完全猜不到，加賀回答。

「但我知道你在想什麼。」

「是嗎？」

「這女人是怎麼回事，難道她瘋了嗎？我怎麼會倒楣到遇上這種事——」

「我可沒這麼想。唯一稍微猜到的，應該只是想知道是怎麼回事，但跟妳想的意思又不同了。」

呵呵呵，未緒笑了。

「我一下計程車就不斷在想，該怎麼跟你解釋才好。事情變得這麼莫名其妙，不知道要怎麼收拾殘局。」

「重點不在收拾殘局吧。」加賀說道，「我希望妳有什麼說什麼，這樣我應該也能理解。」

未緒聽了偏著頭，雙手搓著膝蓋。

「其實我自己也不太清楚。」她抬頭仰望灰濛濛的天空，「只是一想起梶田老師，就不知怎的又難過起來，然後覺得今天不想練舞了，結果突然像上次一樣貧血。」她說到這裡又側著頭，「心想著爲什麼連這種日子還得遇上貧血呢，突如其來覺得好悲哀，所以想躲起來哭一場再回去——」

「所以是我打擾了妳嗎？」

「沒錯。」未緒笑著點點頭，「但這樣好多了。因爲聊一聊比一個人躲起來哭輕鬆多了。」

「聽妳這麼說，我就放心了。」

加賀提起腳尖踢著地面，「話說回來，我比較擔心的是妳的……貧血嗎？是不是仔細做個檢查比較好呢？」

未緒聽了直打量著他，聳聳肩笑著說：

「加賀先生，你該不會以爲我的貧血是因爲腦瘤或血癌之類的不治之症引起的吧？」

「沒有，倒不是這樣。」

加賀連忙否認。

「不要緊的。」她解釋，「真的只是普通的貧血。尤其季節交替時經常發生，傷腦筋。」

「這樣啊……」

「對了，加賀先生，你聽過一部叫做《六週明星夢》(*1)的電影嗎？」

「不知道。」

「內容是描述有個很會跳芭蕾舞的女孩。」

她豎起食指放在嘴邊，眼神迷濛地一面回想電影情節，一面敘述，「這個小女孩很崇拜一個男人，是某位剛踏入政壇的政治人物，小女孩希望盡力幫助他當選。女孩的母親坐擁大筆財富，聽了女兒的願望後表示願提供年輕政治家資金援助。男子卻不願被這種扮家家酒般的遊戲利用，大發雷霆。」

「他的心情不難理解。」加賀說道。

「這時女孩的母親才告訴他真相。其實女孩得了血癌，來日無多，所以希望在她活著時盡可能幫她實現願望，而女孩也知道自己的病情。年輕政治家聽完之後，決定答應這對母女的期望，還和女孩去了趟短期旅行。他們在旅程目的地得知少年芭蕾舞團將演出《胡桃鉗》，於是政治家和主辦單位商量，請他們讓女孩參加演出。女孩在正式預演時展現了完美舞技，獲得熱烈掌聲。

哇！明天就要演出了，能在台上跳舞簡直像做夢——女孩開心地說。」

「不過，」未緒繼續說，「女孩在回程的地鐵列車中發病。媽媽我頭好痛……她就這樣死了。但她在留下來的日記中寫著，別爲我的死傷心。最後，那位年輕政治家順利當選。」

「眞是悲劇。」

「是啊。可是呢，」未緒說道，「還是有令人欣慰的地方。因爲她跳了一場完美的舞，在對明天抱持期待之中死去。年紀輕輕就這麼過世的確很可憐，但對一名舞者來說，這種結束生命的方式不是最精采的嗎！」

加賀不明白她爲什麼說起這部電影，也不知道該怎麼回答，只好默不作聲。「我好像講了些怪怪的話喔。」她輕輕吐了一下舌頭。

之後他們又聊了大約半小時，內容天南地北，眼看天空開始變得清朗，到公園散步的人也變多了，兩人於是起身離開。未緒說，今天的練習從下午開始，早上則由各人自行先做暖身運動。

「跑來這裡浪費時間，這樣好嗎？」加賀擔心地問她。

「反正現在這種狀況也無心練習。」未緒回答。

＊1 原名爲《Six Weeks》，一九八二年上映的美國電影。

兩人走在和來時不同的另一條路上，路上看到兩名貌似中學生的女孩子，正在練習軟式網球對打。今天並不是假日，爲什麼她們這時會在這裡呢？加賀也不清楚。大概是學校校慶之類吧。

「沒什麼氣耶。」

其中一個女孩子以右手捏捏網球後說。「等我一下，我充個氣。」

她跑到停在球場邊的自行車旁，從置物籃中拿出一樣東西。

加賀經過女孩身邊時，不經意看了女孩手邊一眼。她正拿起軟式網球專用的充氣球，拔起前端的蓋子。

4

「軟式網球？」

富井聽完加賀的話，驚訝得嘴張半開，久久闔不攏。

「就是這個。」

加賀從口袋掏出一件物品放在富井面前。類似無花果的外形，前端細長部分套著蓋子。這是他今天和未緒道別後到運動用品店買的。

「這是軟式網球專用的充氣球。」

他說完把蓋子拆下來，露出前端鋒銳的尖針。

「請看清楚，這跟注射針一樣。」

富井瞇起眼觀察那根細針。細針本身呈管狀，透過管子就能把空氣送到網球裡，原理和注射針一模一樣。

「原來如此，看來的確相同。之前一聽到注射針，直覺就聯想到注射筒，但原來這種細針也會用在毫不相干的東西上。這麼一來，就得討論一下還有沒有其他類似的物品了。」

富井感觸良多地說完，將充氣球遞給旁邊的鑑識人員。鑑識人員仔細觀看之後發表意見，「粗細方面沒問題，前端也很鋒利，能簡單刺穿。」

「這樣的話，任何運動用品店都有。就算在芭蕾舞團的練習結束後，也有充分時間去購買。」

加賀信心十足。

這樣啊，富井盤起雙臂說，「那好吧，把這個消息告訴追查注射針的那組人，另外還要增加人手去查問，運動用品店數量可不少。」

這時，一直保持沉默的太田舉手說：

「請等一下，到運動用品店查問確實有必要，但我覺得光這樣好像行不通。剛看到加賀拿出那個充氣球，我才知道居然還有這種東西，組長您呢？」

「我也是。我想要不是接觸過軟式網球的人，應該沒看過這種東西吧。」

「這很正常。」加賀也說，「我也一樣，實際看到之前根本沒想過。」

那名看似中學生的女孩拿起充氣球——加賀回想起看到那一幕時的震撼。他停下腳步，直盯著女孩手上的東西。問了可不可以借他看一下，女孩一臉狐疑地把東西遞給他，可能因爲有未緒在身邊，女孩還能稍微放心吧。但就連未緒也一定不了解，加賀爲什麼突然這麼激動。

「連我們都這樣了。」太田說道，「更別說那些芭蕾舞者，我猜他們知道得更少。況且打網球可能傷到腳踝，最重要的是，他們也沒那個時間。」

「也就是說，你認爲舞者想不到這類產品嗎？」

富井伸手拿起充氣球，對太田說。

「一般來說是這樣。」太田回答，「所以如果兇手想得到這種東西，我猜一定是平常就看得到。比方說家裡有人打軟式網球。」

「聽起來滿有道理。」

富井點點頭，「反過來說，也可以推測是兇手曾在生活中看過這個東西，才想到預藏毒針的手法。好，那就重新過濾一次舞者周遭的人際關係。唉唉唉，這下子又變成軟式網球啦。」

警部苦笑嘆口氣。

「對了，聽說柳生那邊沒問出什麼重要的消息啊？」

「呃，是的。」加賀回答的語調低落。

「還以爲是因爲柳生著手查出什麼不利的消息，才激起兇手滅口的念頭。」

「但這個推論還不一定是錯的。」

太田語氣稍強地說道，「就算柳生調查兩年前梶田赴美這件事本身沒有太大影響，說不定也會碰巧接觸到兇手不願意曝光的祕密。」

「這倒也不是不可能。」

富井似乎還是有些狐疑，他揉著肩膀說，「假設是這樣，這兇手的行動也太莽撞了吧，這麼一來不就打草驚蛇了嗎？」

這一點加賀也很納悶。

「好吧，先不管了。」富井說道，「其他動機交給別組去追查，你們倆暫時繼續追這條線索。還有，記得隨時跟石神井警署保持聯絡。」

「待會兒就打算過去一趟。」太田回答。正如計畫，一個小時之後，加賀和太田就出現在石神井警署的會議室裡。

小林招呼兩人坐下後說道。會議桌上各式各樣的資料堆積如山。

「根據目前掌握到的範圍，風間滯美期間，只離開過紐約兩次。」

「他去了波士頓和費城，最主要的目的好像是參觀美術館以及和朋友碰面，在這兩個地方都沒待太久。」

「有人同行嗎？」太田問他。

「紐約美術學校的朋友也一起去。」

「他有可能在那兩個地方接觸梶田嗎？」加賀找著資料一邊問道。

「這個可能性可以排除。」小林回答得很肯定，「當時梶田人在紐約，一直都在忙著公演的事，應該沒空離開芭蕾舞團。」

「這樣啊。」加賀點點頭。況且，看看梶田的行程紀錄，除了紐約他還跑了六個城市，就是沒到過波士頓或費城。

「這麼看來，假設梶田和風間曾見過面的話，就是在紐約嘍。但這樣豈不就沒有新進展了嗎？感覺怪怪的。兩人唯一的交集就是兩年前赴美，這件事警方早就知道了，就算柳生現在想深入追究，對兇手應該也沒有太大影響。」

太田自言自語著。

「但一定有什麼蛛絲馬跡，否則柳生也不會被當作目標。說不定動機出現在完全不同的地方。」

「其他還有什麼可能成爲動機的線索嗎？」

加賀問完，小林輕輕搖了下頭。

「警方調查無妨，但要是被柳生察覺到異狀就不妙了——這類祕密到底藏在哪裡呢？比方說只有舞者才會發現的事。」

太田說完，小林隨即回答：

「先前已經派我們警署的刑警去找柳生，還帶著他之前感興趣的一些資料，希望他看過之後會有所發現。不過，根據剛才的回報，看來期待又落空了。」

眞是個詭異的案子。加賀心想，這次柳生遇襲一案，究竟是怎麼回事？既然兇手有殺害柳生的動機，一旦行凶失敗，對兇手來說應該很不利。但截至目前，卻找不到任何讓搜查大幅進展的線索。

「總之，先鎖定兩年前梶田赴美的行程。」

小林搔著頭說道，「再一次徹底清查，線索一定就在這其中，要不然兇手也不會把柳生當作目標。」

5

柳生再次出現在練習室時，是他喝了毒咖啡而倒下的三天後的星期六。未緒到的時候，他早已換好衣服，正在進行伸展。走廊上有兩名眼神看來不怎麼友善的年輕男子，窸窸窣窣低聲交談。大概是監視柳生的刑警吧。未緒前天晚上和紺野等人到醫院探望柳生，當時也看到有刑警守著。

「我有貼身保鑣哦。」

未緒一進到練習室，柳生就語帶自嘲說著。

「警方認爲兇手會再度下手殺你嗎？」

「好像是吧，不過我眞的想不起來和誰結了仇。」

「你眞的毫無線索嗎？」

「沒有。」

柳生嘴角帶著詭異的微笑回答。

這時，紺野和亞希子幾個人也來了，大家七嘴八舌問他腸胃狀況如何，三天沒跳舞，全身是不是重得像綁了鉛塊，柳生則半開玩笑地回應大家。

大夥兒一如往常，先從基本動作開始，使用牆邊扶槓做平衡練習。未緒直視前方，察覺到剛才那兩位刑警不帶情緒的雙眼，直盯著幾名舞者不放。

基本動作的練習在一點整結束，中間稍事休息，兩點開始彩排。大家各自外出用餐，柳生今天沒帶便當，交代要去車站前吃烏龍麵就出去了。

「未緒。」

未緒在玄關穿鞋時，背後有人叫住她。是舞蹈老師中野妙子。

「靖子今天又請假了，妳曾聽她說有什麼事嗎？」

「呃……沒有耶。」未緒搖搖頭。

「這樣啊，她會請假眞罕見。」

妙子偏起了頭。

靖子昨天早上打了電話到芭蕾舞團辦公室，說因爲感冒發燒，想請假休息。乍聽到這個消息時，團員立刻議論紛紛，因爲以往靖子無論身體多不舒服，也絕不會中止練習；就算腳痛到發青腫脹，也持續練習，直到老師們強迫她休息爲止。況且，老師們爲了讓她休息，還得費一番唇舌。

「她會連續請假兩天，應該是狀況很嚴重吧。可是前天晚上看起來還好吧？」

是呀，未緒回答。妙子提起前天晚上的事，因爲她知道靖子也和大家一起去探望了柳生。

「說不定彩排的時候就能過來了。」

聽未緒這麼說，妙子似乎這才想到這件事，頻頻點頭。

「對哦。病才剛好的話，練習一整天的確太辛苦，說不定她只在彩排時才過來。」

妙子道了謝後轉身走進去。

不過，到了彩排開始時，靖子依舊沒出現。

6

將目標從注射筒換成軟式網球充氣球的搜查小組，非常有效率地展開作業。首先，他們到高柳芭蕾舞團附近以及各舞者住家周邊的運動用品店一一查問，幾乎全數掌握了最近購買充氣球的顧客。

「結論就是，近來購買這種東西的顧客少之又少。」在搜查員的會議上，擔任小組領隊的榊原報告，「現在一般在打的網球都是硬式，只有中學以下才會打軟式。所以問了最近曾經賣出充氣球的店家，得到的回答幾乎一樣，去買的都是中學生年紀的小孩。」

換句話說，目前還沒發現疑似高柳芭蕾舞團舞者的人物。

這個小組還同時追查另一條線索，就是調查舞者有沒有打軟式網球的親友，或者舞者本身以前是否打過。根據他們獲得的情報指出，只要曾半專業性的接觸過這項運動，手邊應該一定會有一、兩只充氣球。

「符合條件的舞者有四位，名單在這裡。這些人都有弟弟、妹妹，而且都住在一起或之前曾住在一起。」

榊原嗓音渾厚有力地報出四個名字，其中有兩名舞者的名字加賀曾聽過。

「總之，這四人很可疑，對吧。」富井說道，「接下來打算怎麼辦呢？」

「我們想去一些ＤＩＹ居家修繕的工具行問問。」榊原回答。

「居家修繕的工具行？爲什麼？」

「我是看到這個才想到的。」他拿起網球的充氣球，「鑑識報告中也提到，研判兇手應該只取了幾公分長的針段來使用。那麼，兇手是怎麼切斷針的？」

「原來如此，所以才想到工具行啊。」

在場有人佩服地拍了拍手掌。

「如果是很細的注射針，手巧一點的話，說不定折斷即可，但像這種稍微粗一點的應該很難，一弄不好把針折彎了就不能用。」

「會不會是以鉗子夾斷的？」富井問道。

「用鉗子的話切口會被壓扁，我想應該是其他方法。總之，不僅切斷注射針，在其他步驟上免不了也得買各種工具吧。」

「意思是，你們想透過動手腳的工具來追查嗎？」

富井似乎對這想法很滿意，用力點頭後拍了一下大腿，「好！就朝這個方向追下去！」

好久沒聽到警部這麼具有權威的聲音。

這是昨天晚上搜查會議上的狀況。

至於今天——

搜查本部的電話響起時，加賀和太田正向富井說明風間利之在紐約的生活情況。一名年輕刑警拿著話筒大喊富井的名字。

「我是富井。」他對著話筒彼端說。下一瞬間，他的神情變得異常凝重，「什麼？找到了？矽膠還有銼刀……嗯……這樣啊。那家店的老闆……請他過來。好，那趕緊帶他回署裡問清楚。」

電話一掛斷，一群搜查員全圍到富井旁邊。

「找到了嗎？」其中一人問道。

「找到了。」

「是誰？」

「森井靖子。」

「森井……」

圍上來的搜查員臉上一瞬間都露出訝異，想必是昨天列舉的四名嫌疑較重的名單中，她給人的印象最不可疑。加賀也這麼認爲。

「可別被外表騙了哦，尤其是女人。」

從這句話看來，富井似乎也有相同的心境。

「她買了什麼？」太田問道，「剛聽到是矽膠和銼刀。」

「嗯，就是這兩樣東西。矽膠我就不懂了，但銼刀好像是用來切斷注射針的。他們好像還問了工具行的老闆，銼刀能不能削斷不銹鋼材質。」

當初已經訂好行動順序，如果找出之前那四人之中最近有誰到過工具行的，就立刻搜索其住處。現在只希望能盡快取得工具行老闆的證詞。

「搜索時還是要森井本人在現場吧。」年輕刑警說。

「一定得這樣啊，而且也比較好。去跟在高柳芭蕾舞團盯梢的弟兄說明一下，要他們回來時逮住森井。」

「好的。」

趁年輕刑警打電話時，富井高舉雙手伸了個懶腰，「矽膠就眞的搞不懂了，拿來幹麼呢？」

「會不會是防水？」加賀突然想到，「現在還不清楚兇手動了什麼手腳，但既然使用的是尼古丁濃縮液，應該得做到完全防水才行吧。」

「原來如此，很有道理啊。」

富井比出手槍的手勢，對準加賀胸口。會做出這種戲謔的舉動，就是他心情大好的證明。

但這時剛去打電話的刑警轉過頭來。

「組長，森井靖子好像跟芭蕾舞團請假了。」

「什麼！」富井的語氣一下子激動了起來，「怎麼回事？」

「舞團的人說——」

年輕刑警又和通話對方講了兩、三句，然後遮住話筒看著富井。

「她從昨天就請假了，說是感冒。」

「昨天也請假？」

「這部分已經接到報告。因爲當初交代過，如果遇到有人請假沒去練習，一定要加以確認。昨天傍晚田坂刑警應該已經去森井的住處拜訪過了。」

「這樣啊。」

富井低聲說道，「連續兩天請假，感覺有點怪。」說完之後，他突然睜大眼睛狂吼，「太田！加賀！你們馬上到森井靖子的住處！」

森井靖子居住的公寓在幾條小巷子圍成的住宅區中心位置，附近集中了許多低矮的房子，這棟兩層樓建築看來也像淹沒在其中。

玄關朝東，陽台向西，這間屋子從採光的角度來看一點都不好，況且靖子還住在一樓。話說回來，她大多數時間都待在高柳芭蕾舞團，白天採光好壞對她來說似乎也不怎麼重要。

加賀站在陰暗的門前，敲了兩次門卻沒人出聲，接著朝裡面喊了幾聲，一樣沒有反應。太田轉動門把，發現門上了鎖。

「看來她不在家。」

加賀說完，太田卻沒回答。只見他一臉不高興地看看門邊，然後推開門上的信箱口。

「你看看。」他說著，「裡面有東西。」

加賀也隨即探頭看，裡面有份摺起來的報紙。

「早報嗎？」

「好像是。」

兩人幾乎同時展開行動。太田狂敲隔壁住家的門，加賀則衝了出去。

加賀繞到建築物後方，爬進靖子住處的陽台，從陽台窺探室內的狀況。透過白色蕾絲窗簾，隱隱看到另一側有衣櫥、矮桌子、電視、床鋪——

床上有個人，像是在睡覺。

加賀再次回到正門處，沒看到太田的人影。但不久後，只見太田就帶著一名禿頭的中年男子回來，手上還拿著鑰匙。原來太田把房東找來了。加賀將剛才在陽台觀察到的狀況向前輩刑警報告。禿頭房東聽了表情瞬間僵硬。

戴上手套後，太田以備用鑰匙插入鑰匙孔，喀嚓一聲，他將門拉開。

兩人脫了鞋，小心翼翼進入屋內，盡量不碰觸到任何東西。一進門的左邊是廚房，往前走則是一間和室，屬於臥房加廚房的舊式格局。

和室打掃得很乾淨。矮桌子上沒有杯子或任何瓶瓶罐罐，也沒有隨手亂扔的衣服或內衣褲。梳妝台的鏡子一塵不染。

躺在床上的果然是森井靖子，身穿黑色裙子搭配粉紅色開襟線衫，雙腿緊緊併攏，兩手交叉放在胸前。這睡姿實在太規矩，說是在午睡也太不自然。

加賀脫下手套，拉起她的手腕測量脈搏。但一碰到就是一陣冰冷觸感，感覺不到脈搏。

「沒有外傷。」他說。

「是這個。」

太田從矮桌子上拿起一只藥瓶，「這是安眠藥，不知道原本還有多少，總之現在只剩空瓶。」

「通知一下總部吧。」

「麻煩你了。」

「不難想像組長的表情。」

「人生總沒那麼順利吧。」

太田搖搖頭，眼角餘光看著加賀拿起話筒，那舉動彷彿話筒有千斤重。

7

森井靖子的遺體交付司法解剖，死因幾乎確定是服用過量安眠藥中毒。室內沒有爭執過的跡象，玄關和窗戶都上了鎖，看來可視爲她是鐵了心自殺。

加賀等人檢查室內，確認是否有和一連串案件相關的證據。本來還希望能找到遺書，遺憾的是並沒發現。

「加賀，你看這個。」

負責檢查書櫃的太田指著一整排書籍。跟加賀身高差不多的一整座書櫃裡，半數以上都是跟芭蕾舞有關的書。

「感覺她滿腦子只有芭蕾舞啊。」太田說。

「舞者好像都這樣。」

淺岡未緒也是吧。

「但有必要到這種程度嗎，難道沒有其他興趣？」

「有芭蕾舞就足夠了。」

加賀看看芭蕾舞之外的書，有少數跟音樂、歌舞伎相關的內容，這些大概也跟本行有關，當作參考之用吧。

另外，值得注意的是瘦身美容和減重的書籍也不少。除了常見較Ｂ６稍小開本的實用書之外，也有幾本專業書籍。

加賀心想，森田靖子似乎也因爲梶田的影響而想讓自己變得更苗條。

和室交給太田等人，加賀則負責搜索廚房。一．五坪鋪設地板的空間，面向窗戶的是流理台，角落則放了一台白色雙門冰箱。

同樣都是一個人住，男女眞是大不同。廚房內的餐具與廚具比加賀的住處多了許多，卻整理得乾乾淨淨，整體感覺很清潔。加賀對收納整理頗有自信，卻從來沒有清洗換氣扇或瓦斯爐的經驗。

檢查過餐具架之後，再看看流理台下方的櫥子。裡面放著醬油和鹽，還有一些不常見的瓶瓶罐罐，仔細看看瓶上的標籤，原來是低熱量調味料。看來這又是受到梶田的影響。

「有什麼發現嗎？」

加賀正將手伸進米桶裡檢查時，富井苦著一張臉走進來。「還沒發現什麼。」加賀回答。

「拜託一定要找到，現在可沒辦法從關鍵人物森井靖子口中獲得自白。」

「在這個房間裡，一定能找到的。」

「嗯，一定有的。」

富井說完後環顧房內，「據住在隔壁的學生說，昨天和今天都沒其他人來過。那個學生好像是留級什麼的，反正幾乎成天窩在家裡。」

「他沒聽到什麼聲響嗎？」

「沒有。這種牆壁還沒聽到聲響的話，應該就什麼事都沒發生吧。」

富井以拳頭輕敲牆壁，聲響聽來感覺隔板相當薄。「這公寓還眞是老舊，好像窺探到芭蕾舞界光鮮亮麗的背後。」

「森井靖子出身岩手縣，到現在還靠家裡提供生活費，這麼說來也不能過得太奢侈吧。」

「當芭蕾舞者看來不好賺吶。」

「團員不支薪，而且好像還得反過來支付芭蕾舞團的營運費用。雖然公演時能收到演出費，但光買芭蕾舞鞋就差不多見底了。想靠跳芭蕾舞維生，一般舞者絕對辦不到的，除非是一流舞者。況且平常練習占用掉的時間很長，也不太有空另外打工。最後只剩下依靠父母，自己過得節省點。你看，森井靖子平常就吃這種東西。」

加賀從米桶抽出手，在富井面前攤開，掌心上握著一撮玄米。

富井驚訝得張大了嘴。「眞的假的？」

「我開玩笑的。」加賀把玄米放回米桶內，「玄米現在的價格可是滿高的，我猜她大概是爲了減肥才吃這個。」

加賀補充說明，靖子好像是受到梶田影響而努力瘦身。

「既然她這麼尊敬梶田，爲什麼會殺他呢……不過，得先找到確切的證據才行。」

「認眞找啊……」富井說著朝和室走去。

檢查完米桶後，就只剩下冰箱了。加賀打開下層冰箱門，裡面整齊放滿了少量的各式食材。

像是對半切開的檸檬、滷剩的蒟蒻絲、蔥花、蛋絲、火腿、麵條、人造奶油、雞肉、涼粉……還有其他形形色色的食物。加賀一樣樣拿起來仔細檢查。這麼一來，似乎多少能了解靖子在這間小房子裡想些什麼，過著什麼樣的生活。

但這些食材中根本沒藏任何東西。仔細想想，蔥花跟雞肉裡能藏什麼呢。

關上冷藏室的門之後，加賀接著打開上層冰箱門，瞬間瞠目結舌。冷凍庫裡塞滿了冷凍保存的食物。燙熟的蔬菜、咖哩、生魚，還有各式冷凍食品。加賀也特別謹慎地一一檢查，卻沒發現什麼異狀。

他連製冰盒也抽出來看，一樣沒問題。

不過，要把製冰盒放回原位時，加賀發現製冰盒後方好像有東西。他伸長了手想拿，那東西卻凍在裡頭，抽不出來。於是他從餐具架上拿了菜刀，謹慎地將冰凍的部分敲開，再次伸長了手嘗試。

他摸到一個以塑膠袋包裹的物體。

「組長！」

加賀找來富井，在他的見證下將東西從塑膠袋裡拿出來。盯著那些東西好一會兒後，才交給富井。

「原來是這樣啊。」他語帶感嘆地說，「是用這些東西做出來的嗎？女人的想法果然不同。」

「的確不一樣。」加賀也同意。

看來這就是殺害梶田的毒針機關，但實際構造卻比鑑識人員推測的簡單多了，只是在塑膠材質的圓形盤狀容器中央開個小孔，再插上一根五公分左右的注射針而已。至於容器，好像是火車便當裡附的塑膠小醬油瓶之類，然後用來固定注射針、類似白膠的物質，肯定就是矽膠了。容器裡還殘留少量的褐色液體，注射針前端也附著了黑色物質。富井找來另一名搜查員，要他將東西送到鑑識小組。接著富井大口深呼吸，低喃道，「這下子證據確鑿了。」

當天傍晚，加賀和太田兩人前往高柳芭蕾舞團。先前已經通知過靖子的死訊，因為還想問些細節，所以要求跟她比較親近的幾個人暫時留下。

抵達芭蕾舞團時已經六點多了，芭蕾舞學校的學生通常在這個時段前來舞團，只見比團員還年輕的女孩陸續走進建築物。顯然她們還不知道靖子的事，個個臉上都是開朗的表情。

加賀和太田一進到室內，高柳靜子看到他們，立刻上前帶著他們到會客室。高柳亞希子、紺野健彥、柳生講介和淺岡未緒四人已經在裡頭等著，神情相當緊張。

「身體不要緊了嗎？」

太田問柳生，但他依舊僵著一張臉，只輕輕斂了斂下巴。

加賀望著坐在最旁邊的未緒。她卻低頭看下方，絲毫沒有把頭抬起來的意思。

兩名刑警在舞者對面坐下，太田先告訴他們靖子的死訊，並說很可能是自殺。五個人聽了之後沒有太大反應，加賀眼角餘光看到未緒的頭又壓低了些。

「此外……」太田繼續說。就連一旁的加賀也清楚看到他嚥了一口口水。「此外，根據我們的調查，也證實梶田康成先生的確是森井靖子殺的。」

他說到一半時，有幾個人的表情已經出現變化。「胡扯！」柳生說道，「不可能有這種事！」

「對呀，一定是搞錯了吧？」亞希子也這麼說。

「是眞的。」加賀接替太田說明。接著他向眾人慢慢解釋顯示靖子確爲眞兇的證據。這下子高柳靜子和四名舞者都露出同樣沉痛的表情，不發一語。「不可能！」紺野只低喃了一句。

「事實上，我們也不算了解全盤眞相。」太田以沉穩的口吻對著這些人說。況且，這一連串的案子一件也沒解決，包括靖子爲什麼做出這種事？這跟最初正當防衛一案究竟有沒有相關性？這麼多的疑點都有待釐清。太田最後不忘曉以大義，「這些都還得靠諸位的協助才可望解決了。」

「她沒留下遺書嗎？」

高柳靜子率先開口。加賀回答，「沒有。」

「我們應該是最後見到她的人吧。」

紺野像是代表大家發言，「前天晚上，我們去探望柳生，靖子也一起去了。但那時完全感覺不到她有自殺的念頭。」

其他舞者聽了也頻頻點頭。

「可以仔細說一下當時的狀況嗎？」

太田提出要求後，四名舞者雖然不想講太多，還是說明了當時眾人談到什麼話題，以及彼此的對話等。但就加賀聽到的，似乎沒什麼和靖子自殺一事有關的內容。

「誰跟她一起待到最後？」加賀問了之後，先前始終看著下方的未緒抬起頭。溼潤的雙眼紅了一圈。

「妳們倆去了哪裡呢？」

「沒有，我們只是探望了柳生大哥，之後往同一個方向回家。我在富士見台站先下車，就在那裡和她分開了。」

靖子住在中村橋車站附近，是富士見台的下一站。

「其他人呢？」加賀看著紺野和亞希子。

「我們去了酒吧，就是那家『NET BAR』。」

你知道吧？——紺野以眼神對加賀示意。

加賀又轉向未緒，「你們倆分開時，她看起來如何？」

「沒什麼特別的……也可能我比較遲鈍。」

「比方說，她有沒有提到明天可能請假，不去練舞呢？」

「沒有。」未緒低聲否定。

接著，太田問在場所有人，森井靖子是否談起過這一連串的案子。

「只有我們聊起來時，她會在一旁附和，倒是沒印象她提過自己的看法。」

柳生一說，其他人也有同感。

最後，問到對於靖子殺害梶田一事有什麼其他線索。

「完全無法想像。」

紺野說道，「梶田老師廣受舞者的尊敬，其中靖子更是特別崇拜老師。」

是嗎，太田語調變得有些耐人尋味，「這種情誼只限於師生之間的立場嗎？」

「這話什麼意思？」旁邊的柳生眼中閃過一絲警戒。

「我的意思是，會不會她對梶田先生是一種對異性的愛戀呢？」

太田毫不避諱地問道。只見紺野動了動唇之後回答：

「老師在她心目中是一位值得尊敬的藝術家，在我看來僅止於此。」他語氣肯定。

「那是一定的。」柳生也表示相同意見。

從這些人口中沒能再得到其他有力的證詞，到底他們是真的沒線索，還是就算知道靖子是兇手也要袒護同伴，加賀就不清楚了。

加賀與太田向四名舞者道聲謝後走出會客室，接著在高柳靜子引領下進入辦公室，事務局長坂木和一名年輕女員工已經等著。之前接到靖子電話的好像就是她。

據她說，靖子是在昨天早上九點多打電話到辦公室，說因爲感冒發燒不退，所以想請假一天。由於以往從沒發生過這種事，讓她有些驚訝。除了這件事之外，靖子沒再說什麼。

「啊，對了。」女員工似乎想起來，「她最後說了一句，幫我跟大家說聲抱歉——就是這麼說。我以爲她只是因爲自己請假造成其他人練習時的不便，感到過意不去。」

加賀靜靜點了一下頭。最後這句話似乎道盡靖子悲愴的決心。

當天晚上，搜查會議上針對森井靖子的死亡做了報告。好不容易追查出殺害梶田的兇手，沒想到卻讓她先自殺身亡，搜查員的臉色也不怎麼好看。

首先，針對加賀發現的毒針機關做出檢討報告。根據報告指出，容器的確是市面上到處可見的迷你塑膠醬油瓶，其中殘留的液體是紙捲菸草浸泡後的濃縮液。至於注射針，目前還不確定，但從前端形狀和粗細來調查，如同加賀先前的推論，和N公司製作的軟式網球專用的充氣球針頭非常類似。根據另一個搜查小組的報告，森井靖子的妹妹在中學與高中時都參加軟式網球社，好像曾來東京應試，當時借住在靖子的公寓裡。靖子很可能在這種狀況下得知充氣球這項工具，也或許是妹妹臨走時忘了帶走，留在靖子住處。

另一方面，從剖面來看，這根針頭的確是以銼刀削斷的。那把銼刀在靖子房裡的床底下找到，也向先前追查到的工具行老闆確認過，是在他們店裡購買的。除了銼刀之外，還有軟管裝的矽膠，這也如同加賀所洞察，是用來固定針頭。

「最後，也檢查過針頭前端沾上的血跡，和梶田康成的血型一致。」

報告結束後，搜查員回到座位，在場卻沒人出聲，沉默了好一會兒。似乎所有人都在思索要表達什麼樣的感想才好。

「那麼……呃……」

富井率先發言，他看了看所有人，「既然蒐集到這些物證，森井靖子應該就是殺害梶田的兇手，我想這部分是毫無疑問了，但最重要的動機還是讓人一頭霧水，大家有什麼想法？」

「從她花這麼多工夫準備機關看起來，應該不會是一時衝動萌發殺意吧？」

澀谷警署的刑警發表意見。反正兇手已經找到了，他的表情也輕鬆了一些。

「梶田和森井靖子有什麼特殊關係吧？這種事到最後都不免讓人想到那方面的動機。」

說這話的是一名在富井小組待了好些年的刑警。這名經手過無數感情糾紛案件的資深刑警，從經驗上直覺認爲如此。

「跟之前那起正當防衛的案子有關嗎？」

富井詢問石神井警署派來的搜查員。

「針對森井靖子的調查才剛展開，但已經查出她果然也曾到紐約留學，只不過是在四年前。」

小林隨即站起身。

「四年前?兩年前沒去過嗎?」

「只有四年前去了一趟。和高柳亞希子一起去當地的芭蕾舞團上課,至於詳細狀況,目前還不清楚。」

「四年前的話,跟那個風間利之也沒交集了吧。」

富井搔著頭,扭動脖子。喀啦喀啦的聲響連遠處的加賀都聽得見。

「這麼說來,正當防衛和梶田遇害,這兩個案子之間到底有沒有關聯,又陷入迷霧了。」

澀谷警署的刑警似乎想尋求富井的認同。看來他也希望梶田一案能就此告一段落,但富井卻歪著脖子沒作聲。

「有件事我想不透。」

加賀輕輕舉起手發言,「案發當時森井靖子的不在場證明,又該怎麼解釋呢?」

「這一點之前也講過,要證實每個人的不在場證明,實際上是不可能的。但根據我們的調查,森井靖子也可能犯案。如果只需要將那套毒針機關以雙面膠帶之類貼在晾乾的外套內裡,似乎隨時都可趁機下手。」

調查這條線索的本間刑警回答。

「但我說的不是下手裝設毒針的時間，而是弄溼外套的時間。上次針對這一點調查時，只有六個人有不在場證明吧，但其中一個就是森井靖子。」

「咦？是這樣嗎？」

富井連忙翻閱筆記，然後點點頭，「原來如此，的確沒錯。」

「換句話說，把外套弄溼的不是森井靖子。」

「但就算她無法辦到這一點，也不能證明森井不是兇手。」本間反駁，「也可能是森井一直找機會想預藏毒針，碰巧遇上梶田外套弄溼的小意外，剛好撿了便宜。」

「這種偶然聽起來好像有些牽強。」太田說道。

「會嗎？」本間聞言一臉不滿。

「是啊。從那個機關看來，森井無論如何都得搶到梶田的外套。這種時候居然還碰巧遇上這麼好的機會，怎麼說都太匪夷所思了。」

「這麼說，太田大哥認爲兇手不是森井嘍？」

本間一說，太田馬上比個手勢安撫對方別太激動，「你怎麼看？」他轉向問加賀。

「我嗎？」加賀嚥了口口水，「我認爲還有共犯。」

這句話讓整個會議室在一瞬間陷入寂靜，但立刻有刑警表示：

「不可能吧。」

說這句話的刑警卻沒有進一步解釋理由，大概是沒有能完全推翻這個想法的根據，只是直覺認爲不會有共犯。

「總覺得那個芭蕾舞團裡的人不能全盤信任。」加賀說道，「他們似乎隱瞞了什麼。即使現在已經知道兇手是森井靖子，他們還是什麼都不肯說。」

「我也有這種感覺。」太田附和。

富井思考了一會兒，那好吧，他輕敲桌面說道：

「除了動機之外，這部分也列入考慮。我個人是傾向一名兇手獨自犯案。即使碰巧遇到外套沾溼聽來不太自然，但也沒辦法證明不可能出現這種巧合吧。」

聽了指揮官的話，幾名刑警頻頻點頭，似乎說中了他們的想法。

8

「剛才我沒說，其實還有其他讓我納悶的地方。」

加賀邊吃著雞胗邊說道。太田端了酒到嘴邊，以眼神質問「這次又有什麼問題？」

「目前認爲森井靖子是自殺身亡，但她爲什麼要死？」

太田聽了搔搔眉毛，「哦哦，這件事啊？」低聲說道。

「其實這件事我也想不透。」

「果然你也一樣。」

「不知道她是良心發現，畏罪而死還是怕被警察逮到，或者是想逃離人世，但再怎麼說，時機都太巧妙了。爲什麼會選在這個新人生正要展開的時間點死掉？」

或許四杯黃湯下肚後，酒精開始發揮威力，太田講起話來有些口齒不清。

「我猜不太可能是良心發現畏罪吧。」加賀在自己的杯裡添了啤酒，「她解決掉梶田之後還想殺柳生喔，如果是會受到良心譴責的人，就不會下手第二次吧。」

「這些不合道理的就是最難懂的地方。」

太田搖晃著一串烤雞肉說，「說不定是森井在死前去探望柳生，結果看到他被自己害得這麼慘，突然湧上罪惡感。」

「不太可能吧。再說，柳生也沒那麼慘吧，森井他們去探望時已經是他出院的前一天，身體應該復原得差不多了。」

「話是沒錯啦。」太田低吟了一句又說：

「或者是受到亞希子、紺野他們這群體貼伙伴的友情所影響，因而感到自責。」

「這倒也不是不可能，但還是有些牽強。」

加賀灌了一大口啤酒，追加一份烤肉串。站在狹窄吧台裡的老闆，聽到點單後愛理不理地應了一聲。

「就我本身而言，希望朝森井靖子由於害怕警察追捕所以自殺的方向來推理，但就像太田大哥說的，時機實在太過巧妙。話說回來，她也不可能知道我們的行動，要說時機配合巧妙，也是純屬偶然吧。只不過我想問的是，爲什麼她會突然對警方的追捕感到害怕呢？」

「這點可以從柳生的案子來推測。柳生可能快要追查到某些消息，而森井試圖殺害他卻失敗。想要再次下手，又因爲警方增強戒備，只能作罷。這麼一來遲早會從柳生口中暴露出那個祕密，所以她做好心理準備，選擇一死了斷。——這個推論合理嗎？」

「很合理。但前提必須是柳生就快追查到什麼消息，可是實際上他什麼也沒找到，這件事也已經顯而易見，所以森井不是反倒該鬆一口氣嗎？」

烤肉串端了上來。太田搶在加賀之前先抓了一串，津津有味地飛快吃完後才接著說：

「兇手呢，不管發生什麼事都不會覺得放心的，凡事都會不斷往最壞的情況打算。」

「這我也知道。」

「就森井來說，她聽到柳生說一無所知時，也會認爲他在說謊。兇手的心理就是這樣。」

太田喝乾杯裡的酒，又續點一杯。這麼一來已經是第五杯了。

「這樣好嗎？喝得醉醺醺的回去又會被嫂子罵哦。」

「你胡說什麼呀，這點小事才不用聽她囉唆呢。」

太田把嘴湊上斟得滿滿的啤酒杯，一口氣喝了五分之一左右，帶著略顯睡意的表情直盯加賀。

「對了。」前輩刑警繼續說，「你是不是害怕討了老婆之後，就會因爲這些事情被嘮叨啊？這倒不用擔心，凡事只要一開始下馬威就搞定了。」

「我才不會擔這種心。」加賀喝了口啤酒。

「那你一直不結婚是在怕什麼？」

「我單身的理由是什麼都無所謂吧？」

「誰說無所謂！還回絕了相親機會。」

「相親？怎麼又提起這件事。」

「只是突然想起來。」

「敗給你了。」

太田也曾介紹過對象給加賀，此外富井也替他安排過兩次相親，上次一起去看芭蕾舞表演的對象就是其中之一。

「嗯，重點是我目前還沒這個打算啦。」

「說這種話的人啊，會打一輩子光棍哦。看來你還沒搞清楚，警察這種行業有多不受歡迎吶。」

「我老早就知道了。但現在眞的還不急，況且結婚的對象我想自己找。」

「哼。」太田嗤之以鼻，又喝了五分之一杯酒。

「對了，剛講到哪裡？」

「說柳生可能知道什麼，才讓森井靖子提心吊膽。」

「哦哦，對啦。」太田晃著腦袋點了一下，「她一定以爲柳生發現了兩年前梶田到美國時隱藏的祕密。」

「但這太奇怪了。」

「怎麼說？」太田眼神渙散地看著加賀。

「假設森井成功殺了柳生，難道就能從此高枕無憂嗎？就算把他殺了，我們警方還是會像這次一樣到處追查，不會放過柳生針對兩年前梶田美國行調查的結果吧，她難道不擔心？也就是說，森井相信就算那個祕密能被柳生識破，警方也絕對參不透。是這樣嗎？」

「她是這麼相信吧，也只能這麼想嘍。」

太瞧不起我們警方了。——太田補充說明時口齒已經不太清晰。

「是這樣嗎？」

加賀不這麼想。他認爲兇手就算殺了一個人，應該也會避免犯下第二起凶案，就算柳生可能追查出什麼祕密，一般來說也會先觀察一陣子才對。比方說，假借協助柳生調查爲理由，趁機接近他，隨時掌握調查進度。假設柳生什麼也沒找到，就這麼放棄，危機便就此解除，反過來說要是他逼近眞相，到時再計畫第二起凶案也不遲。

為什麼不這麼做？

難道沒時間了嗎？

「搞不懂。」

加賀喃喃自語，喝了口啤酒。一旁的太田笑咪咪說著：

「很好很好，繼續傷腦筋吧，這樣才能成長。棘手的案子對於培養一名刑警可是很有價值的哦。」

「別開玩笑了，這種價值不要也罷。」

說到這裡，加賀腦中突然閃過另一個想法。雖然很簡單，卻是先前從沒嘗試過的解釋。「太田大哥。」加賀說道，「殺害柳生未遂一案，對森井靖子來說，眞的毫無價值嗎？」

「……什麼意思？」

「要說那起案子的結果帶來什麼影響，應該只有讓搜查小組完全聚焦在梶田兩年前的美國行吧，其餘什麼也沒變。換句話說，那起案子是為了讓我們把注意力轉移到梶田在美國的行程上嘍。」

太田端到嘴邊的酒杯又放回吧台上。

「是障眼法嗎？」

「應該說，是不是有更迫切的需求，必須引開警方呢？因為我們已經派了搜查員到紐約去，如果沒有柳生那起案子，在紐約的調查對象應該會包括所有團員的過往，而且不限時期，以地毯式的方式追查。就因為發生那起案子，我們之後才把焦點放在梶田一人的美國行程上。」

「換句話說，森井靖子害怕的是警方調查梶田美國行之外的事嗎？」

「沒錯。我想整起案子搞不好跟梶田兩年前到美國毫不相干。」

「那，到底跟什麼有關？」

加賀伸出右手中指按著太陽穴，「我記得森井靖子好像也去紐約進修過。」

「四年前嗎！」

太田以拳頭敲了吧台一下，其他顧客嚇了一大跳，看著他們倆。

第四章

1

離約定的時間還有二十分鐘左右，加賀找到靠窗的座位坐下，向端著水杯來的女店員點了皇家奶茶。女店員記下點餐後問他，「那個案子後來怎麼樣了？」

先前那起正當防衛的案子發生後，加賀和太田曾到這家咖啡廳詢問過案情。得知風間利之在案發前幾個小時來到這家店，還望著高柳芭蕾舞團的方向。

女店員似乎記得加賀。

「很棘手呢。」他露出苦笑，「上次謝謝妳提供了有力的訊息。」

「別這麼說。對了，那個芭蕾舞團最近連續發生好多事呢。」

「好像是吧。」

「怎麼說好像是吧，刑警先生你不也參與調查嗎？」

「是沒錯……我想喝奶茶了。」

在加賀催促下，女店員將托盤放到背後，走去吧台交代男店員。之後又是同一個模樣走回來。因爲店裡沒其他顧客，她大概閒著沒事。

「欸，兇手是芭蕾舞團的人吧，我前幾天在報上看到的。」

她說的是靖子，三天前自殺身亡。

「妳很關心這個案子啊。」

「因爲這種事不太常遇到。再說，我很討厭他們那群人，一副很跩的樣子。」

「他們常來這裡嗎？」

「是呀，每天都來。欸，我可以坐下來嗎？」

她指著加賀面前的椅子問。

「待會兒有人要過來，在那之前，無所謂嘍。」

「誰要來？你女朋友啊？」她邊說邊坐下來。

「妳最討厭的芭蕾舞團員。」

她一聽就露出複雜的表情，像是吃到什麼難以下嚥的東西。接著她突然湊近加賀。

「告訴你哦，那個自殺的兇手，她也天天都來我們店裡。」

「來吃午飯嗎？」

「是啊。不過，現在想想還滿奇怪的。」

就在她正要打開話匣子時，吧台裡的男店員喊了聲「小雪！」女店員走過去端了皇家奶茶來，順便交代男店員，她現在得回答刑警的問題，有其他顧客上門的話就拜託他招呼嘍。說完又回到位子上，把飲料端到加賀面前後，自己也坐了下來。

「妳覺得哪裡奇怪？」加賀要她繼續說。

「就是說呢，那個女的都是午餐時段來，可是她從來沒吃過任何東西。大多只點飲料。」

她說話的同時，右手還繞著長髮把玩。

這是理所當然的，加賀心想。靖子這麼注重飲食，自然不會隨便外食。

「不過這種人很多啦。就算不是跳芭蕾舞的，也有些人是想減肥。只是啊，先前那起芭蕾舞團導演命案發生後，她整個人就變了。到店裡開始點什麼三明治啊、肉醬義大利麵，還大口大口地吃。這絕對不是巧合，眞的是那個案子之後才變這樣的。」

「有這種事啊。」

聽起來倒挺有意思的，加賀心想。

如果這是眞的——很可能是眞的吧——靖子殺害梶田的動機果然還是積怨比較合理。原本靖子因爲崇拜梶田而設法改變自己的身材，但這份尊敬如果轉變爲憎恨，她自然也不想持續節食了吧。

「一般說來，殺了人之後不是會變得沒什麼食慾嗎？她卻剛好相反耶。果然那個芭蕾舞團裡都是一些怪人。」

「原來如此，很値得參考。」

「你不用記下來啊？」

「對喔，應該要好好記下來。」

加賀說完打開記事本，女店員才總算滿意地站起身。

加賀假裝在記事本上寫東西，同時看看手表。六點二十五分，還有五分鐘。攤開的記事本上寫著「六點半　咖啡廳　中野」。加賀心想，待會不妨把女店員說的事講給中野妙子聽。

他是今天中午過後從澀谷警署聯絡妙子，說有點事想找她談，能不能晚上約在「NET BAR」碰個面。

「不如陪我吃頓晚餐？」她這麼回答，「反正我今晚打算在外頭吃飯，再說，到那家酒吧很可能會和柳生他們撞個正著。」

「好啊。」加賀回答。他本來就得找個地方吃飯，而且若遇到柳生他們，也的確不太方便。

靖子自殺之後，加賀一直想找妙子談談。畢竟當初是她先告訴加賀，有幾位舞者受到梶田的影響而進行不正常的節食，而靖子就是其中的代表人物。這個案子無論如何他都想聽聽妙子的看法。

至於靖子四年前赴美一事，目前還沒調查出什麼。根據紐約傳回來的消息，要找出曾和靖子及亞希子接觸的人得花費一番工夫。因爲她們倆只待了半年，而且和當時相較之下，現在的長相也有些變化。就連曾經指導他們的編舞師約翰·湯瑪斯也在三年前跳槽到其他的芭蕾舞團。

聽了這些報告後，加賀對自己的推測更添幾分信心。先前柳生殺害未遂一案，果然是靖子的策略。就因爲那起案子，讓紐約的相關調查焦點全集中在兩年前梶田的美國行。對靖子來說，兩年前的事不管怎麼查都查不到自己身上。

只不過，加賀不否認他還有一個很大的疑問——毒殺梶田案跟風間利之的關聯又該怎麼解釋？或者這跟風間一案無關？只不過碰巧發生在同一時期，芭蕾舞團中接二連三遭遇不幸。

不可能，加賀心想，一定在哪裡有所關聯。

石神井警署也拚命想找出其中的相關性，加賀十分了解他們的心情。再過幾天，葉瑠子的拘留期限就到了，已經不能延長。話雖如此，就目前的情況，檢察官也很煩惱該如何處分，最重要的是，葉瑠子和凶案的關聯仍不明朗，而整起案件的動機也還沒釐清。

在沒有逃亡之虞的考量下，或許最理想的方式就是保留處分，先予以釋放——加賀這麼想。

喝完一杯皇家奶茶時，中野妙子也剛好出現。她身穿加墊肩的灰色外套，瀟灑地走向加賀的座位。

「妳好……」

他向妙子打個招呼，但說到一半就停了下來，原因是他發現淺岡未緒就跟在妙子身後。未緒穿著鮮豔粉色洋裝，腰身的設計格外顯眼，還搭配了珊瑚耳環。

她看到加賀時似乎也大吃一驚。妙子順著加賀的視線轉過頭看看未緒。

「是我找她來的。」

妙子開心說道，「可以吧？」

加賀頓時語塞，只見未緒難爲情地低下頭，「原來老師約的是刑警先生。那我還是先回去好了，否則打擾到人家工作就太抱歉了。」

「才不會打擾呢，對吧？」妙子尋求加賀的同意。

「先坐下來再說吧。」加賀請兩人坐下。未緒坐下之後依舊低著頭。加賀眼角餘光瞄到吧台前的女店員正目露敵意看著這邊。

他開口道，「那就麻煩淺岡小姐也一起在場，好嗎？」

妳看吧，妙子用手肘碰了一下未緒的手臂。未緒抬起頭問，這樣好嗎？

「不要緊。」加賀點點頭。事實上他也想不出拒絕讓她同桌的理由。「想先喝點東西嗎？」

「不用了。我記得我們約的是用餐。」

妙子說完便站起身。

中野妙子帶他們前往的義大利餐廳，搭計程車車程約十分鐘，位於住宅區正中央，從遠處看去像是一間白色小教堂。如果不是有招牌，根本看不出是一家什麼店。走進餐廳，妙子向服務生報上名字，便有人領著他們到靠牆的位子坐下。

加賀對義大利菜一竅不通，所以直接點了菜單最上方的「推薦套餐」。妙子則相當熟練地從前菜到甜點，一道道精挑細選。其中大概有兩道是未緒挑的。

「妳的食量還不小嘛。」加賀對妙子說。

「我對吃最有興趣了。只是常被梶田先生挖苦。」

「可以想見。」

妙子主動提出梶田的名字，想必是顧慮到方便讓加賀切入話題。加賀也就領受她的好意順勢提及。

「剛才那家咖啡廳的女店員，告訴我一件有趣的事。」

加賀說完，妙子和未緒同時反問，「女店員？」

他將在咖啡廳聽到的事告訴兩人。她們似乎不覺得意外，還以眼神示意加賀繼續往下說。

「森井靖子對梶田先生的尊敬，以及爲了討他喜歡，做了多大努力，在搜索她的住處時我才清楚了解。至於究竟發生什麼事，讓她對這麼尊敬的對象痛下殺手呢？這一點是目前我們面臨的最大疑點。」

「最大疑點啊。」妙子重複了一次。未緒似乎不想針對這個話題表示意見，只顧著觀察壁燈的造形。

「思考這件事眞是令人頭痛。」加賀說道。

「就是說，我眞同情你。」

「其實我今天找妳出來，就是想請妳談談森井靖子這個人。她是個什麼樣的舞者，芭蕾舞對她的象徵意義，梶田先生對她造成的改變——大概就是這些吧。」

妙子聽了戲謔地聳聳肩，整個身子湊向未緒。

「欸，妳聽到沒?問的問題都好難喔。加賀先生每次都問這種難題嗎？」

「我相信妳一定能回答的。」

這時，服務生端來白酒。妙子等服務生爲各人倒了酒離開後才說：

「要回答你的問題，得先從靖子的成就開始說起。對吧？」

她似乎想尋求未緒贊同。未緒也輕輕點了頭。

「就請談談這方面的事吧。」加賀說，「慢慢聊無妨，時間還很多。」

「只要別讓菜變得難吃就好。」妙子說了之後啜口酒潤潤喉。

「她是在高中時離開岩手老家，進來我們學校。看上去外表不是特別亮眼，坦白說，最初我只覺得她是個不起眼的女孩。但她一開始練習後，我們大家都嚇了一跳，沒想到世界上居然有跳舞跳得那麼美的人。所有人都感到錯愕，愣了好一會兒。總之，我們都深信她會成爲了不起的舞者。」

「這一段我也聽高柳靜子老師說過。」未緒附和。

「好一段時間她都是矚目的焦點，事實上她後來也很順利，輕鬆贏得幾個國內的大賽。我們團裡原本已經有高柳亞希子這個保證是未來首席的傑出人才，但兩人相比之下，幾乎不分軒輊。她進入舞團不久後，的確也受到肯定，演出討喜的角色。不過，好像到了快二十歲時，她的舞蹈變得沒那麼精采了。」

「爲什麼?」加賀問她。

妙子稍微想了一下反問:

「你知道洛桑國際芭蕾舞大賽嗎?」

不知道,他回答。

「那是專爲十幾歲的芭蕾舞者舉辦的大賽,得獎人可以到國外的芭蕾舞學校留學,還能拿到獎學金。當然,報名參加的舞者來自世界各國,能晉級到決賽這道窄門的,只有寥寥十幾人。」

加賀點點頭,拿起酒杯。這時服務生端上前菜,妙子叉了隻蝦子送進嘴裡,「這蝦眞好吃。未緒妳也吃一點啊。」

我不用了,未緒小小的手掌在桌子下隱約可見,中指還戴著一枚金戒指。

「這孩子都不怎麼吃東西呢。」妙子手握叉子指著她,「上次我也說過,她不是節食,而是平常的食量就是這樣。對吧?」

未緒有些難爲情地輕輕點頭。

「大概胃比較小吧。」加賀說。

「我想也是。」未緒回答,「吃一點就飽了。」

「所以不需要擔心發胖嗎?這眞教一般年輕女性嫉妒,連剪裁這麼合身的洋裝都能穿。」

「這件衣服很怪嗎？」

未緒露出擔憂的神情。

「不會啊，很好看。」加賀連忙說道，「很可愛，同時又具吸引力，搭配珊瑚耳環也很適合。」

未緒似乎有些在意妙子，輕輕說聲謝謝。

「不誇我一下嗎？」妙子嘟囔。

「您非常完美。」加賀顯得有點為難，「正因太完美，要誇讚根本誇讚不完。所以我想先繼續剛才芭蕾舞大賽的話題，好嗎？」

「我倒希望你先讚美我，不過就放你一馬吧。剛講到洛桑大賽，是吧。」

「麻煩妳了。」加賀又重複一次。

「這個洛桑大賽是每年舉辦的，也就是說，每年都會有這麼多的舞者希望獨當一面。不過啊，光看這些年來的成績會發現，在洛桑大賽得獎之後，一路順遂成為名舞者的案例，出乎意料地少。你知道原因嗎？」

「不知道。」加賀回答，他怎麼可能知道。

「原因有很多，但最重要的就是體形的變化，尤其是女孩子。因為參加洛桑大賽時都是十六、七歲，還沒完全轉變成成人女性的身材。這跟體操競賽一樣，體形愈小自然愈輕盈，難度稍高的動作也做得到。不過，變成成人體形後就不是這麼回事了，胸部、臀部突出，皮下脂肪也會增厚，跳起舞來很難依照自己想像，但這才是自己眞正的身體。想要繼續當一名舞者，就得和成熟後的體形決一高下。獲得洛桑大獎時上台的模樣，只不過是假象。」

「妳是說，森井靖子過去精采的舞蹈都是因爲擁有那副假象的體形嗎？」

「嗯，就是這個意思。」

「等到她變成成熟女人的體形時，就沒辦法跳得好了？」

「沒錯。用個夢幻一點的說法，就是魔法解除、失效了。」

其中也有永遠都像被施了魔法的人吧，她看看旁邊的未緒。未緒察覺談到自己，默不作聲，表情顯得有些扭捏。

「但這種事大家多少都會經歷到。」中野妙子接著說，「唯有勤加鍛鍊才能克服。轉變爲成人體形後，再次徹底從基礎練起，以往靠年輕及兒童體形做到的動作，這下子得用成人的身體，以及熟練的技巧來達成。大家就是這樣成爲專業舞者的，靖子也很清楚這一點，所以她比別人勤練好幾倍，而且成績也清楚展現。只要這樣維持下去，她應該能成爲一名優秀的舞者。」

「她中斷練習了嗎？」

「她才沒中斷呢。」妙子拿著酒杯搖搖頭，「她只是走錯了一小段路。因爲有亞希子這種人，讓她誤入歧途。」

餐點陸續上桌，對話也稍微被打斷。未緒一條一條吃著義大利麵。加賀看了心想，等她吃完可能天都亮了。

「亞希子和靖子相反，她很穩定地朝首席舞者的方向邁進。」妙子接續先前的話題，「之前我也說過，亞希子除了本身豐富的才華外，還具備最接近梶田先生理想中的體形。但靖子其實沒必要在意這些的，即使體形和梶田先生的理想有落差，她只要朝自己堅信的那條路走下去就行了。這麼一來，到最後梶田先生一樣不得不肯定她的成就。但她沒這麼做，她就像其他多數舞者一樣，希望靠節食來達到類似亞希子的身材。」

說到這裡，妙子喘口氣，吃了幾口食物。加賀也跟她一樣。未緒把義大利麵放一邊，吃起烤魚。

「不過，最後她只是自己騙自己。」妙子說道，「要模仿過去曾是勁敵的亞希子，靖子的內心一定很掙扎吧。但若不這麼做，就無法獲得梶田先生的肯定，我猜她心裡經常都出現這種交戰。明明具備高超的技巧，卻愈來愈無法發揮，有時候甚至突然出現要命的失誤。因為她跳舞的時候欺騙自己，最後就以這種方式呈現出偏差。」

「為什麼不阻止她節食呢？」加賀問她。

「當然阻止過，但她根本聽不進去。她怕一旦半途而廢，只會讓梶田先生更快放棄她。到了這個地步已經沒有選擇的餘地，只能繼續下去。」

她無奈地搖搖頭，「這狀況就一直持續到現在。所以要我說她是個什麼樣的舞者，我只能說，是個可憐的舞者吧。」

至於靖子殺害梶田的動機，中野妙子說她也想不透。即使梶田是靖子飽受折磨的原因，但這也是她自己的選擇，照理應該會接受事實。的確是這樣，加賀心想。但當他問到靖子和梶田之間是否有超乎師徒的情誼，妙子的看法顯然和紺野等人大相逕庭。

「我不知道梶田先生怎麼想，但我認爲靖子應該是很愛他。」妙子啜著餐後咖啡，簡潔明快說道。

「爲什麼妳會這樣認爲？」加賀問她。

「因爲懷抱著這麼強烈的敬意，長久相處之下，很自然會轉變爲愛吧。何況正因爲愛他，才會爲了討他喜歡做出這麼大的犧牲吧。」

妙子說完轉過頭問末緒，「對吧？」想獲得她的贊同。但末緒只是偏著頭，似乎困擾著不知該如何回答。

「我聽到從靖子的住處找到凶器時，更深信這一點。」妙子看著加賀，「一般來說，那種東西應該盡快扔掉吧。但正因爲她深愛梶田先生，才會捨不得丟掉，就連凶器都想留下來當作紀念。」

是這樣嗎？加賀心想。

走出餐廳後，妙子立刻攔了一輛計程車。本來以為是她要搭乘的，結果不是，她要加賀送未緒回家。

「中野小姐自己呢？」

「我還想去喝幾杯再回家。」

「那好吧。」

加賀向妙子道謝後，讓未緒先坐上車，自己也鑽進車裡。

往富士見台方向行駛一小段後，未緒先開口：

「果然還是得弄清楚動機才行啊。」

「咦？」加賀反問之後才說，「怎麼這麼問？」

「因為……」她說，「我認為靖子是為了要贖罪才自殺的，所以我不希望她的祕密再被挖出來……」

「我們也不喜歡做這種事。」加賀回答，「但這些疑點不釐清的話，你們就永遠無法走出這起案子的陰霾吧，再說，這樣也幫不了齋藤葉瑠子小姐。」

「這……這麼說也是。」

未緒看著窗外，低聲說了句，「對不起。」

加賀回到自己的住處後，看到有新的電話語音留言。一通是警校時期的朋友，很久沒聽到這種請託，原來是劍道的事。放眼目前的警視廳上下，沒幾個是加賀的對手。

另一通是父親的留言。

「相親的事我幫你回絕了。嬸嬸好像很擔心，不知道你能不能靠自己找到對象。我對你也沒什麼信心，但既然你覺得這樣比較好，那就這樣吧。另外，我朋友兒子的那起交通意外，雖然有點棘手，應該有辦法解決。你不用擔心。以上。」

還是他一貫硬邦邦的口吻，留下沒什麼內容的留言。從警界退休後，一個大男人住在老房子裡，這個老頭子是不是因爲太孤單，變得有點怪怪的。

你能不能靠自己找到對象……

要找到還不簡單嗎，他低喃道。

2

加賀和中野妙子相約用餐後的兩天，紐約傳回相當値得關切的消息，他和太田連忙趕到石神井警署。

「聽說終於找到當年指導森井靖子的編舞師，約翰．湯瑪斯。而且還從湯瑪斯口中得到很寶貴的證詞。」

小林警部補在刑事課辦公室裡公布這個消息，語氣中吊足大家胃口。從他的表情也看得出回傳的報告有多重要。

「其實四年前除了森井靖子和高柳亞希子之外，還有其他兩名高柳芭蕾舞團的人也去了紐約。」

「還有兩個人？」

加賀和太田異口同聲。

「沒錯，但這兩人不是舞者，但也不是別人，就是高柳靜子和梶田康成！」

「這兩個人？他們去做什麼？」加賀問他。

「聽說一開始只是去看看靖子和亞希子的狀況。但結果不光是看看，最後還把她們倆直接帶回國。根據當初預定的計畫，靖子她們應該還要多留兩個月。」

「發生了什麼事呢？」太田盤起胳膊沉思。

「湯瑪斯好像說他也不知道原因。」

小林說，這件事還沒問過高柳靜子，他們似乎希望等到掌握更多確切的事證後再說。

「這麼說來，高柳靜子和梶田只在那裡停留很短時間嘍。」加賀說道。

「高柳靜子的確是這樣，她到了之後馬上帶著兩名舞者回國。」

小林的眼神意有所指，「但梶田不是，他在紐約多留了幾天後才回日本。重點來了，那幾天之內他經常到湯瑪斯的舞蹈教室，而且還剛好遇到警察上門。」

「警察？」太田高聲驚呼，「警察為什麼會上門？」

「很可惜的是，湯瑪斯不記得這件事了，印象中只知道是來問兩名日本舞者的事。然後他就找了碰巧在當地的梶田，請他回答警方的問題。」

「意思是他不記得是哪些問題嗎？」

太田露出萬分遺憾的表情。

「是啊，事情也過那麼久了。他好像連警察上門的事都差點沒想起來，至於問題的內容，目前正在調查。」

「總算出現一些有用的消息啊。」

聽太田語帶嘲諷說著。「他們已經盡力了。」小林有些忿忿不平地辯解，「我之前也說過，兩年前梶田到美國時比起靖子她們四年前去的情形，當地的芭蕾舞團跟現在的狀況差很多，這次一連串的調查都很麻煩。」

「意思是說我們還得感謝紐約那邊啊？」

「沒錯。」小林回答。

離開石神井警署之後，加賀和太田前往森井靖子位於中村橋的住處，因為臨時有個線索得去調查清楚。根據總部傳來的訊息，說住在靖子樓上的鄰居提供了一些不太尋常的證詞。

那名鄰居是任職於電腦軟體公司的上班族，前幾天到富山出差，直到昨天才回來。由於他在靖子屍體被發現的前一天就出發，好像是回到家之後才知道有這起案子。

「因爲出事的地點就在樓下房間，讓我覺得毛毛的，不過看報紙時我忽然想起一件事，所以才打電話報警。」

年輕男子臉色蒼白，揉著惺忪睡眼說道。他說出貨廠商那邊有點問題，所以他跑了一趟富山去解決。「幾乎是不眠不休耶。」他苦笑著說。今天似乎是請了休假在家，這也不難理解爲什麼他到下午還穿著一身睡衣。

「到底是什麼事？」加賀站在玄關前問道。

「是這樣的，我出發的前一天，就是樓下鬧自殺的兩天之前吧，我因爲臨時得搭隔天第一班電車出發，到半夜都還在收拾行李。整理完應該是深夜兩點左右吧。心想終於可以睡了，我拿出棉被、關掉電燈，就在我躺下來時，聽到樓下傳來說話聲。」

「哦？」太田問道，「確定是樓下房間沒錯嗎？」

「錯不了的。這棟公寓太破舊了，連隔壁房間的聲音都聽得一清二楚，但最清晰的其實是樓下傳來的聲音。」

上班族講話的語氣像是隱藏著什麼大祕密。但加賀心想，我住的公寓還不是一樣。

太田點點頭之後問，「是什麼樣的聲音？」

「具體而言我也說不上來，大概是女人的聲音吧，搞不好就是那個自殺的女人在講話。我說聽得很清楚，也只是聽到有人低聲說話，沒辦法聽到具體的內容。」

「大概持續講了多久？」加賀問他。

「不知道，我又沒有算時間，而且我還很睏。嗯，從我開始察覺有人講話到結束差不多有半小時吧。之後就聽到玄關門打開，有人離開的聲響。」

「你說有人離開？沒聽錯吧？」

「沒聽錯啊，這種事爲什麼會聽錯？」

這麼說來，森井靖子並不是講電話，而是有人來住處找她。誰會在大半夜裡來呢？

「以前有過這種狀況嗎？我是說半夜有人來找她，或是聽到說話聲。」太田問。

「說話聲倒是不常聽見，比較常聽到的是一些小聲響吧。」上班族回答，「其實樓下房間幾乎都沒人在，就連星期天也沒見到人影。早知道她是芭蕾舞者就應該對她親切一點的。不過，誰想得到這棟公寓裡會住那種人。」

他這句話透露了一般人對芭蕾舞者的印象。加賀自己在幾個星期前也有相同的想法。

兩人道謝之後走出公寓，太田隨即向搜查總部聯絡，之後依照富井的指示到附近四處問問，調查有沒有其他人曾目擊到那名神祕訪客。

首先是住在靖子隔壁的學生，他也沒發現有訪客。當時雖然是深夜兩點，他也還沒睡，好像在玩電視遊樂器，但似乎太專心打電玩，難怪沒閒工夫注意隔壁的狀況。

接著兩人又到公寓附近的幾戶住家問過，還是沒找到有人目擊到那位疑似訪客的人物。都已經是一個星期前的事，加上又是深夜兩點，掌握不到有力證詞也很正常。

「你覺得是誰？」

太田說著喝了一口黑咖啡，皺起眉頭連忙加入砂糖。兩人在附近查過一輪之後，走進咖啡廳稍事休息。這間咖啡廳的建築外觀像棟時髦的洋房，內部裝潢卻展現復古小酒吧的氣氛。

「不知道。既然會在深夜讓對方進屋，一定是很親近的朋友吧。但如果是男人，只是稍微有交情的應該也不會這麼做。」

「意思是說，如果對方是男人，跟她就有特殊關係嘍？」

「沒錯。」

嗯嗯，太田沉吟著。這次他又在咖啡杯裡倒入大量牛奶。看來這咖啡的味道似乎眞不怎麼樣。加賀則喝紅茶。

「其他能想到的就是不得不讓對方進屋的狀況。比方說，有把柄落在對方手上。」

「有道理。」加賀點點頭，「如果是這樣的話，你說的把柄應該就是殺害梶田一事吧。」

「嗯，很有可能。」太田說道。

無論哪一種狀況，這位神祕訪客都極可能跟靖子的自殺相關。因爲在這人來訪之後的隔天，靖子就向芭蕾舞團請假，再隔一天就自殺了。

「自殺這件事應該是無庸置疑的了，但這麼一來，說不定我們該調整一下思考方向。比方說，你先前提出的共犯推論，神祕訪客可能就是她的同夥。」

「我也這麼想。」加賀說道。

「話說回來，靖子的死該不會是那個同夥下的手吧？」

從各種狀況都清楚顯示，靖子確實是自殺身亡。在她體內檢驗出大量安眠藥成分，推測是一次吞下幾十顆錠劑，而且也已經查明她取得藥物的途徑。

「先打個電話回總部看看吧。」太田看看手表，「我剛請他們問一下計程車行。半夜兩點已經沒有電車，神祕訪客很可能是搭計程車離開的，如果是這樣，應該就是在靖子住處叫的車吧。只要問問這附近二十四小時營業的車行，馬上就能查明。」

「舞者大多住在這條電車線上，雖然距離不遠，也不大可能用走的。或是自行開車呢？」

「如果是自行開車的話，馬上就能鎖定幾個特定的人了。」

太田在店內打公用電話回總部，幾分鐘後回到座位。看他的表情沒改變，似乎沒什麼特別的收穫。

「他們好像一家家車行仔細問過，目前還沒找到從靖子住處叫的車。這麼說來，那人是自行開車嗎？」

「清查一下有駕照，而且有車可用的人。」

未緒沒有駕照吧……加賀邊想著。

「這類資料，石神井警署那邊說不定有。好，去看看吧。」

加賀在太田催促下站起身。

到達石神井警署時，太陽已經下山。在靖子住處周邊查問比想像中花了更多時間。

到了刑警課辦公室後，小林一看到他們倆就連忙跑過來。

「我正想通知你們。有最新消息傳回來。白天不是說過四年前紐約市警局的員警到約翰·湯瑪斯那邊問了日本舞者的事嗎？那件事總算進一步確認了。」

「到底是怎麼回事？」太田問他。

「根據當地的報告，好像跟一起殺人未遂案有關。」

「殺人未遂？」

「郊區旅館裡發生一起日本人男性房客遭刺傷的案子。」

歸納小林警部補的說明，案情內容大致如下：

男子在旅館房間內被人發現時，已經倒在血泊中，沒有意識。根據旅館服務人員所說，本來還有個女人跟他在一起。事實上，住宿房客的登記名單中也有男女雙方的姓名，但一下子就查出兩人用的都是假名，因爲男子身上帶著身分證明文件。

由於男子沒有恢復意識，隔天員警就到了他的住處。聽他隔壁的鄰居說，男子好像有女友。

雖然沒人清楚見過他女友的長相，但其中有人知道她是紐約芭蕾舞團裡的日本舞者。因此員警才會到紐約芭蕾舞團，找了負責照顧日本舞者的約翰・湯瑪斯。

「貴團裡應該有個日本舞者和這名男子交往——員警追問湯瑪斯。但湯瑪斯好像沒能回答員警的問題，因為他對舞者的私生活向來毫無興趣。最後是當時碰巧來到舞蹈教室的梶田康成代替他回答。當時的供述似乎也完整記錄下來，他這麼回答的，『說是交往，其實感情也沒那麼深。況且她現在也不在這裡，已經在昨天晚上回日本了。』」

「那起案子是在她回國當天發生的嗎？」

加賀緊咬嘴唇。看來一點都不像巧合。

「員警又問了那位舞者的名字。梶田回答，她名叫Yasuko Morii（*1）。」

乓！太田重重敲了桌子一下。「森井靖子在這裡出現了！」

「但這麼一來，紐約市警局很自然就會對森井靖子起疑心吧？」加賀問道。

「當然。」小林回答，「不過她的嫌疑很快就被洗清了，因為男子之後恢復了意識。他在醫院病床上作證，說一起進旅館的是在街上認識的女人，之前從沒見過。警方好像也問了日本舞者的事，但男子說跟她無關。」

「嗯……」

太田一副覺得焦點模糊的表情，加賀也有相同感覺。

「但當事人既然這麼說了，紐約市警局當然只能根據他的證詞來偵辦。我想他們應該也做過很多調查吧，但最後還是沒抓到兇手。這種案子也算常見，加上被害人又沒送命，很容易就成了永遠的謎團。」

「那個差點被殺死的日本人叫什麼名字？」

太田問道。

「嗯嗯，名叫青木一弘，當年留學紐約學畫。至於之後的狀況就不知道了。」

小林看著記事本回答，「我已經請那邊追查他現在的下落了。還有，我們這邊也打算將到紐約留學過的學生列出清單。這麼一來應該很容易找出人來。」

加賀這才想起，先前也找過幾個留學生，問問有沒有人在紐約時結識風間。一想起那時的狀況，忽然有件事閃過腦海。

「啊！」他忍不住發出驚呼。太田和小林都驚訝地看著他。

「怎麼啦？」小林問他。

「我想起來青木一弘是誰了！沒錯，我知道這個人。」

「你知道？爲什麼？」

*1 這是森井靖子的日文發音。

太田似乎不太高興。加賀看到他的表情後說，「太田大哥應該也知道，這個人已經回到日本了。」

3

車站前的小商店街快到盡頭處，映入眼簾的是青木房屋仲介和招牌突出的小店面，玻璃門上貼滿了公寓、大廈的物件介紹。一房、可炊、附衛浴、六萬三千圓、限女性——大致是這類的介紹文字。

「是這裡吧？」

來到門口時，太田再次確認。先前曾經來過，他一定是想起了當時的狀況。

打開玻璃門走進店內，正面是小櫃台，櫃台後方有兩張桌子。其中一張桌旁坐著一名五、六十歲的老先生，一看到加賀兩人就站起來。

「我們不是來找房子的。」加賀對他說，「是想向您請教青木一弘先生的事。」

一頭白髮的老先生出神地望著加賀拿出來的警察手冊，接著似乎突然驚覺，表情緊張起來。

「是刑警先生啊，眞是太抱歉了。我這個壞習慣啊，只要看到是兩個大男人相偕而來的顧客，就忍不住多了些戒心。」

他行了幾次禮後正色問道，「我兒子怎麼了？」

「這個嘛。」

太田想了一下，「可以先讓我們上炷香嗎？」

辦公室後方的門一打開，裡面就是住家。一走進去隨即看到和室裡有座佛壇，上面放著青木一弘以黑框裱起來的照片。臉形細長的年輕人，凹陷的雙頰給人有點神經質的印象。他的雙眼略微失焦，帶著一股虛無。

他們上香後出來到辦公室，正好一名年輕女子開了玻璃門走進來。加賀一看到她就察覺她不是顧客。她本來似乎一瞬間還以爲加賀兩人是顧客，但隨即想了起來，脫口說，「啊，是警察先生……」

「上次謝謝妳。」加賀說道，「我們剛剛在令兄的靈前上了香。」

「這樣啊。」她小聲回道。

上次來的時候，這家店沒有營業，只有她一個人在家，因爲父親到紐約去接回兒子自殺身亡的遺體。加賀還清楚記得當時她說的那句話。

家兄被紐約吞沒了——她這麼說。

加賀跟太田坐在會客沙發上，與青木和夫面對面。和夫不時搔著滿是白髮的頭，說起事情原委。

「我並不反對一弘學畫，因爲我認爲，做自己想做的事是最幸福的。雖然我也想過，當畫家到底有沒有辦法生存呢？或許還是可以到學校當美術老師，或者開家跟專業相關的店也行吧，總之只要在我這把老骨頭還在時決定就好。但我做夢也沒想到，他會就這樣跑到美國去。」

「這件事您沒反對嗎？」太田問他。

「沒有。我覺得這樣也好，趁年輕的時候最好多嘗試。」

看來青木和夫是個很明理的父親。

「你們常聯絡嗎？」太田進一步問。

「一開始他還常寫信回來，之後慢慢少了。但在去年夏天之前，至少還維持形式上的聯絡，只是他不肯告訴我們地址，所以我們沒辦法主動聯繫他。」

女兒純子泡了茶端過來。茶香優雅怡人。

「不過我都當作沒事就好，畢竟四年前那件事差點嚇死我們了。」

「那邊也通知您了嗎？」

沒想到這位父親竟然知道那起案子，加賀與太田有些意外。

「是警方通知的。聽到沒有生命危險時，我稍微放下心，但好像身受重傷。因爲我當時走不開，就請了親戚去探望，這件事讓我再次覺得美國實在太可怕，打算等他出院之後就勸他回國，但他根本聽不進去，最後還索性搬了住處。眞沒想到，再見時已經是白髮人送黑髮人。」

青木和夫落寞地笑了，雙手端著茶杯輕啜了一口。

「一弘住的地方怎麼樣?」加賀問他。

「糟糕得不得了。」和夫皺起臉,「整棟公寓就像座垃圾山,到處都聞得到莫名其妙的臭味,吐得滿地都是……一弘的房間酒氣衝天,整個房間像泡在酒精裡一樣。通知我一弘死訊的是住在隔壁的日本人,那個人的房間最整齊。他說是爲了學習音樂才刻意搬去住在那種地方。眞搞不懂是什麼道理。現在想想,那地方眞是糟透了,光是住在裡頭都會生病。」

從他反覆強調看來,眞的是很不堪的住所。加賀聽了,也不難想像那個畫面。

「對了,知道令郎自殺的原因了嗎?」

太田問道,和夫卻失望地搖搖頭。

「不知道。住他隔壁的人只說他有點神經衰弱。」

「自殺之前有什麼不對勁的地方嗎?」

「這個啊,因爲一弘和那個人也不是特別熟,對方自然沒特別注意。只是聽說一弘在自殺前十天左右接過一通電話,他房裡沒有電話,對方是打到公寓管理員那裡,而且好像還是從日本打過去的國際電話。」

「日本打去的?」加賀探出身子,「誰打的?」

「不曉得。」和夫回答,「但聽說我兒子接了那通電話之後心情似乎很好。」

「心情很好嗎?」

太田偏著頭思索，「就只有那一通嗎？」

「打過去的就只有那一通。」和夫回答，「但聽說好像約定好還會再打。因爲幾天後他跟管理員說，今天會有一通從日本打來的電話。但後來沒等到那通電話，讓他非常失望。」

「他在等電話……啊。」

太田看看加賀，彷彿要尋求他的意見。但他搖了搖頭，表示也想不透。

這時，因爲有顧客進到店裡，和夫說了聲抱歉，暫時離開了。

「是誰打的電話呢？」

太田小聲問道。

「會讓他那麼期待的，應該是靖子吧。」

「是這樣嗎？但爲什麼兩人後來又恢復了那種關係呢？」

上門的顧客只問了幾個問題就迅速離開。是個看起來像學生的年輕男子。

「現在的學生好奢侈。」青木和夫苦笑著走回來，「音響啦、錄影機啦、床鋪啦，總之行李家具多得不得了，對住處的要求也愈來愈多。」

「當父母的眞辛苦。」育有一兒一女的太田感同身受地聳聳肩。

「就是啊。」青木和夫又坐下來。

「說到家具行李，令郎的東西怎麼處理？」

加賀突然想到。

「一堆看起來像垃圾的，我當場就扔了，只將一些能當作遺物的東西，還有幾張畫作帶回來。」

「可以讓我們看看嗎？」

「好。」

青木讓純子照顧店裡生意，然後又進到屋內，加賀等人也跟在後頭。兩人在擺放佛壇的房間裡等候一會兒，青木從隔壁房間提來一只行李箱和幾張畫布。

「零零碎碎的東西都裝在這皮箱裡了。」

打開一看，裡面有畫具、書、收音機、馬克杯、牛仔褲、T恤、墨鏡、鋼筆，還有很多各類雜物，塞滿整個皮箱。加賀找了一下，想看看有沒有日記或相簿之類的東西，但青木語帶遺憾地說，他也試圖找過，可惜一無所獲。

「還有，這些是我兒子的畫。我覺得畫得還不錯。」

他邊說邊將十幾張畫布陸續攤在榻榻米上，害得加賀和太田沒地方坐，只好站起來。

青木一弘的畫風呈現昏暗色調，就像佛壇上那張照片給人的印象一樣，特色在於纖細的筆觸。他的作品大多以夜晚的街道爲背景，筆下的人物表情都很哀傷，看起來苦惱又疲憊。

「欸！」在青木拿出一張畫時，太田伸出手肘碰了加賀一下。加賀一看到那張畫也睜大了眼。因爲圖上畫了一名舞者。

「是森井靖子。」太田低語。

背景依舊是夜晚的街道。後方是一整排高樓陰影，一名身穿白色芭蕾舞衣的舞者面朝高樓，擺出姿勢。從身材的線條就看得出是靖子，略微轉向前方的臉龐的確很像她。

「這幅畫很不錯吧。」

青木和夫似乎察覺到兩名刑警的關注，開心說道，「我也覺得這一幅畫得最好。我對專業當然是一竅不通，但這幅畫看起來就有一種牽動人心的感覺。」

「你知道這跳舞的女孩子是誰嗎？」太田問他。

「不曉得。一弘房間裡也沒找到通訊錄之類的。她到底是誰呢？況且只有背影，長相也看不清楚。」

背影——

加賀的記憶中突然浮現一句話。背影——

啊！他輕聲驚呼。

「太田大哥，你還記得宮本清美說過風間要她當模特兒那件事嗎？」

「嗯？哦哦，你一說我才想起來有這回事。」

「宮本是不是說過，當時風間要她擺個轉身的姿勢？然後風間素描了一會兒之後這麼說，

『如果離開日本，給自己一點壓力，我是不是也能畫出那麼好的作品呢？』」

加賀一說，太田驚訝得睜大雙眼，「風間看到的是這幅畫嗎？」

「我猜應該沒錯。」加賀說道，「另外，風間在當地唯一結識的日本人，就是青木一弘。靖子和青木是四年前認識，而風間和青木則是兩年前相遇。」

4

葉瑠子回到舞團時已經是五月初，各界都沉浸在黃金週的愉快氣氛中。當然，舞者是沒有假期的。大家仍一如往常，在練習室裡揮汗訓練。

第一個察覺到她回來的，是女教師中野妙子。她一看到站在玄關的身影就中止口令，舞者也停下動作轉過頭。

葉瑠子在父母親左右相伴下走進來。雖然略顯憔悴，那張臉依舊美麗如昔。

「葉瑠子。」

柳生先叫住她。或許是聽到了，只見她轉過頭朝向在練習室裡的伙伴，一張如泣如訴的臉上勉強擠出一絲笑容。「葉瑠子！」柳生又喊了一聲。

高柳靜子從裡頭走出來，帶著他們一家三口到會客室。這時大家才發現，葉瑠子似乎穿著一身全新的衣服，臉上的妝也化得很仔細，看來她從離開警察局到來舞團之前，已經仔細梳妝打扮過了。

「好啦，開始嘍。」

舞者聽到妙子的聲音，全都活力十足地應答，各自回到原本的位置。

休息時間，未緒和柳生兩人被叫進會客室。葉瑠子坐在雙親中間，母親廣江緊緊握住她的手。

「好像沒能爭取到不起訴。」高柳靖子說，「現在是因爲依照法律不能再繼續拘留葉瑠子，所以才放她回來。」

「意思是說，她也可能再被帶走？」柳生問道。

「是的，如果遭到起訴的話。」

靜子低沉地回答之後，「總之先坐下吧。」她要未緒和柳生坐下。

等兩人坐下後，「我有點事要告訴你們。」靜子說，「就是葉瑠子接下來要住的地方。」

據她的想法，葉瑠子如果像之前一樣，回到和未緒一起的住處，可能不太妥當。因爲葉瑠子至今仍受到警方監視，任何舉動都得特別留神。在這種狀況下，不但未緒沒辦法平靜生活，葉瑠子也會對未緒處處顧慮。既然這樣，不如先讓葉瑠子寄居靜子家裡。

「這樣葉瑠子的父母比較安心，她本人也希望如此。」

聽靜子這麼說，未緒看看葉瑠子，發現葉瑠子也望著她。「這樣比較好。」葉瑠子說。很久沒聽到她的聲音了。

「妳覺得好就這麼辦吧。」未緒對她說。

「那麼，這件事就說定了。」

「接下來是你。」靜子對柳生說，「既然葉瑠子從今天起搬到這裡住，考量到目前的立場，你們也不能像先前那麼高調。這裡一定也會受到警方監視，所以跟大家說一聲，在事情告一段落之前暫時不要跟她有太多接觸，以免惹來莫名其妙的誤解。」

「沒辦法，也只好這樣了。」柳生看著葉瑠子回答。

「不過，也不能老是讓她獨自一個人，所以你和未緒找時間去房間看看她吧。葉瑠子可能也需要你們幫忙。」

「包在我身上！」

柳生似乎很開心接受此委託，回答的聲音聽來鬥志十足。

「不好意思，給大家添麻煩了。」

葉瑠子低聲說。

「別這麼說。趕快讓事情告一段落比較重要。」

柳生說完，葉瑠子用力點點頭。

接下來先讓葉瑠子的父母看看房間狀況。

「我幫忙提行李。」柳生自告奮勇。

「麻煩你了。葉瑠子也一起來吧。」

靜子說完後，領著葉瑠子的雙親走出去，柳生也跟在後面。這下子會客室只剩下未緒和葉瑠子。

「葉瑠子。」未緒叫了好友的名字。感覺已經好久沒這麼做了。

「未緒，妳最近好嗎？」葉瑠子問她。

未緒一瞬間緊緊抱住好友。心底一股情緒湧上來，化作淚水奪眶而出，整個人不住顫抖。

「我好擔心妳，一直放心不下。」未緒告訴她。

「我不要緊。」葉瑠子搭著未緒的肩，在她耳邊低語。

「但碰到這種狀況很糟吧。」

「沒什麼啦。倒是我聽說了梶田老師和靖子的事，大家都不好受啊。」

未緒點點頭，「搞不懂到底怎麼一回事……不過最近似乎慢慢平靜下來，練習也恢復以往的水準了。」

「公演也快到了吧，橫濱公演加油哦。」

「謝謝。」

說完之後，未緒又將臉頰貼近葉瑠子的肩。

5

酒吧裡只有一名女客，只見她一手端著一杯白蘭地，另一隻手漫無目的地轉動著足球遊戲台的操作桿。

加賀向吧台裡的酒保點了杯加冰塊的波本威士忌，端著酒杯走近女客。女子似乎完全沒察覺到加賀。

「妳玩過這種遊戲台嗎？」

加賀拿起放在旁邊的玩具球，擺到遊戲台正中央。高柳亞希子一看到他，「哎呀。」輕輕驚呼一聲。

「妳也會一個人來喝酒啊？」

加賀繞到她的對面，轉動著操作桿移動中鋒，把球傳到左側之後，含了一口波本威士忌。

「案子全部解決了嗎？」亞希子問他。

「還不算全部吧。」加賀回答，「還差一點點。但這一點點似乎挺棘手的。」

「怎麼說？」

「也就是說——」

加賀前後移動球員，把球往前傳，「也就是說，像這個遊戲一樣。雖然只差臨門一腳，但要成功射門還是得通過各種障礙，比方敵隊的後衛、守門員等等……妳看，失敗了。」

加賀的球員起腳後，球碰到亞希子一方的球員，反彈回來。

「請告訴我四年前的事。」加賀對她說，「妳和森井靖子到紐約時發生了什麼？尤其我想請教有關她男友的事。」

「靖子的男友？」

「就是青木一弘啊。」

加賀一說，亞希子的眼神出現些微游移，嘴唇微微顫抖。加賀看著她表情的變化，不一會兒，她露出無奈的笑容，「你們查到青木先生了？」

「這是我們的工作。妳認識他吧？」

「只見過一次。嗯？不對。」她偏著頭想了想，「好像是兩次吧。」

「他們的感情很好嗎？」

「怎麼說呢。」亞希子避開加賀的目光，看著他身後的牆壁，「說不上來到什麼程度。我想……嗯，應該稱得上彼此相愛吧。」

「彼此相愛啊。」

加賀又啜了口波本威士忌潤潤喉，轉動遊戲台上的球員，「就算彼此相愛，靖子回國之後，兩人也沒進展了吧。」

亞希子似乎有些爲難，不知該如何回答，最後輕輕搖了下頭，「那有什麼辦法，這種生活方式就是我們該盡的義務。」

「這種生活方式嗎？原來如此，這麼一來就很清楚了。」

咦？她一臉不安看著加賀。

「我說的是妳和森井靖子比預定計畫提早回國的原因。事實上，妳們是非回來不可了，因爲她和來路不明的男人有了進一步的關係。對吧？」

亞希子沒作聲，只是一手拿著白蘭地，另一手的指頭按住球門。加賀又說了，「或者有其他非趕回國不可的理由呢？」

亞希子攏起長髮，豪邁地飲了一大口白蘭地，隨即呼出一口熱氣。

「家母和梶田老師，」她說，「他們非常排斥舞者擁有情緒，尤其厭惡舞者談戀愛。他們的觀念就是，女舞者只要和男人交往，永遠不會有好事。」

「會因此不能專心練舞嗎？」

是啊，亞希子點點頭，「而且一旦談戀愛，就會伴隨結婚、懷孕這些問題。這些都被他們當作影響芭蕾舞生涯的障礙。你知道我是養女吧？」

「我知道。」

「就是因爲家母本身也想貫徹這種人生哲學。」

「所以說，她自然也無法認可森井靖子的戀情嘍。」

亞希子深呼吸一口，晃動一下手上的酒杯，白蘭地在她的掌心泛起波動。

「時機太不巧了。」她說，「我們知道家母和梶田老師要從日本來看看我們的狀況，所以靖子原先也打算那段期間不和他碰面，她從沒對紐約芭蕾舞團的團員透露過他們的事，所以也不擔心消息走漏。哪曉得失算的是，家母和老師比預定時間早了一天到紐約。眞是倒楣。我和靖子本來住在一起，那天練習結束後我待在住處，家母和老師突然來了。我巧妙編個理由解釋靖子爲什麼不在，但就在他們放心不下準備出門尋找時，碰巧撞見他送靖子回來。」

這時機果然不巧，加賀這時不禁同情起靖子。

「不出所料，家母和老師在知道他們的感情後強烈反對，命令靖子立刻和他分手。接著又認爲不能放任她繼續留在紐約，要她馬上回國，但光送她一個人回日本又顯得奇怪，於是也帶著我一起回來。」

「森井靖子接受這件事嗎？」

「接受？」

亞希子說完，表情瞬間靜止，眼神看來正思考著「接受」二字的意義。

「這已經不是接不接受的問題了。只不過是一個人身在不允許戀愛的國度中，做了一場短暫的美夢，夢醒後再回到原來的世界罷了。」

「她竟然沒打算愛到底？我的意思是，沒想過繼續把夢做下去嗎？」

「這——」她說到這裡半張著口，直盯足球遊戲台。眨了眨眼之後閉起嘴，接著啜飲一口白蘭地。

「這？」加賀催她繼續講。

「這……我猜她也曾想過要愛到底。但最後還是無法割捨芭蕾舞吧，這就是舞者性格。」

「換句話說，她割捨了青木一弘。」

加賀說完，直勾勾凝視著亞希子的雙眼。

她一瞬間避開視線，隨即又正視他說了：

「那也沒辦法，靖子一定也很煎熬。」

「青木能接受嗎？」加賀問了之後，又趕緊說，「如果『接受』這兩個字不妥的話，也可以用『死心』這個詞。」

「大概吧。」她伸手拿起玩具小足球，把玩一下後再讓球滾回遊戲台上，小球剛好停在加賀那方的球員面前。「大概吧。」她重複一次，「我猜他死心了。因爲他也無能爲力。」

「嗯。」加賀將波本威士忌一飲而盡，走回吧台點了第二杯烈酒加冰。然後又端著剛調好的酒回到足球台前面。

「妳知道你們從紐約出發當天，郊區一家旅館發生一起殺人未遂案嗎？」

他朝著亞希子舉杯問道。她舔了舔嘴唇，沉默一會兒之後說，「不曉得。」

「那起案子中差點被殺的人，就是青木一弘。」加賀說道，「他和一個女人到了那家旅館，結果他被刺殺之後，女人消失無蹤。」

「你到底想說什麼？」

她語氣中多了幾分防備。

「青木在回答警方偵訊時，表示刺傷自己的是偶遇的女人。警方根據他的供述追查，卻怎麼也找不出那個女人。爲什麼會這樣呢？有個假設可以解釋這一點，那就是青木根本沒說實話，其實他是爲了保護兇手，才胡亂捏造證詞。」

「靖子都和我們在一起。」

「都在一起也是你們的片面之詞。她也可能先在旅館刺傷青木，之後再和你們會合。」

亞希子搖搖頭，「爲什麼要下手殺他呢？」

「很可能不是預先計畫好的。比方說，他強行邀她到旅館，目的可能是想說服她一起私奔，但她沒這個打算。也或者是她突然改變心意決意分手，總之，最後演變成她爲了逃出旅館，只得冒險行凶。」

亞希子滿心恐懼地望著加賀，彷彿正看著什麼可怕的東西。然後她把酒杯隨手放在旁邊，拿起皮包。

「怎麼可能……會有這種莫名其妙的事！」

「是嗎？我可一點都不覺得哪裡莫名其妙。」

亞希子又搖搖頭，隨即慢慢朝著他走過去。

「莫名其妙。沒什麼好說了。」

說完之後，她匆匆付了酒錢，然後頭也不回地走出酒吧，不過，最後在推開店門前她又稍微轉過頭看著加賀。

「我一定會查個水落石出。」加賀對她說。只見她背脊輕輕顫動，然後吸了一大口氣，打開店門走出去。

「不好意思，我聲音太大了。」

加賀向吧台裡的老闆打聲招呼。老闆卻擺出一副若無其事的表情回答，「沒這回事。」

加賀就著足球台練習傳球，心想自己剛才可能說太多了。不過，的確有不少收穫。至少從亞希子的反應可以確定自己的推測並沒有錯。

整理一下目前的調查結果。

四年前，靖子到紐約後，愛上了在當地學畫的青木一弘，最後戀情無疾而終。靖子回到日本，青木雖不幸遭到刺傷，搬了家之後還繼續留在紐約。

兩年後，來自日本的留學生和青木相識，那名留學生就是風間利之。風間被青木的畫作——尤其是那幅芭蕾舞者的背影，深深吸引。

又過了兩年，青木在廢墟般的公寓中等著從日本打去的電話。但最後沒等到電話，他自殺身亡。

幾乎就在同一時間，風間闖進高柳芭蕾舞團的辦公室內，因爲齋藤葉瑠子的抵抗而送命。風間原本預定兩天後前往紐約。

「好像有點眉目了。」

加賀忍不住沉吟。一項項訊息整理起來，似乎看得出什麼端倪，但目前還是很模糊，掌握不到關鍵。

他建立的推論有兩個。一個是他剛才告訴亞希子的，刺傷青木的很可能就是森井靖子。另一個是青木等待的電話，大概是風間或靖子其中一人打去的。尤其風間死亡時間和青木等待來電的時期剛好一致。

加賀搞不懂的是，風間爲什麼要偷偷潛入高柳芭蕾舞團的辦公室。從各種狀況研判，他要找的對象應該只有靖子一人，爲什麼要闖進舞團？

如果風間潛入靖子的住處，靖子在殺了他之後主張正當防衛，這樣的話還比較說得過去——加賀想得出神，然後發現這個想法也讓自己眼睛一亮，如果事實眞是如此就簡單多了。但現實狀況卻是風間潛入高柳芭蕾舞團，之後被齋藤葉瑠子所殺。

還有梶田那件命案，加賀想到這裡，揉了揉眼頭。假設青木確爲靖子所下手傷害，不難想像她對拆散他們的梶田懷恨在心，但事到如今才想到動手報仇，怎麼想都不太對。

「就差一點。」

加賀喃喃低語激勵自己，讓遊戲台的球員起腳射門。

6

加賀外出查案告一段落，到石神井警署露個臉時，聽到未緒又在練習時昏倒的消息。一位負責監視葉瑠子和芭蕾舞團的刑警，和同事交班後回到警署時說的。

「感覺怪怪的。」比加賀大幾歲的刑警說，「當事人好像說突然感到不舒服，但我覺得不太對。她是練習中毫無預警就停下舞步，然後當場愣住，跟昏倒不太一樣。」

「去醫院了嗎？」

「沒有，好像沒那麼嚴重，而且也還能自己走。齋藤葉瑠子很擔心，還跑出來看狀況，但淺岡本人說不要緊。只是身體還是不太舒服，所以今天就早退回家休息。」

「有人陪她嗎？」

「她一個人離開。怎麼？你很關心喔。」

刑警意有所指，笑看加賀。他也懶得編理由蒙混，隨口答了「我是她的舞迷。」那刑警聽了之後稍顯驚訝，離開加賀面前之後，對另一名同事說，「眞是聽不懂這些年輕人開的玩笑。」

是開玩笑嗎？加賀心想。

離開警局後，他到石神井公園散步，再前往車站。他一走進公園，就放慢腳步朝先前和未緒散步的步道走去。

那天，是在梶田的告別式結束後，應未緒的要求來到這裡。印象中當時下著雨，天空灰濛濛地一片陰鬱。今天雖然沒下雨，也是類似的天氣。

當天和她是在一處涼亭休息。這時的涼亭裡有位拄著拐杖的老先生，還有戴了圓框眼睛的老太太，就像當時加賀他們倆一樣並肩坐著。老先生每說一句話，老太太就微笑點點頭。

加賀在旁邊的自動販賣機買了飲料，站在老夫婦斜後方喝了起來。老先生正聊到三明治，說麵包中間夾什麼餡料才好。老太太想將水煮蛋剁碎，夾在麵包裡，但老先生卻認爲做成Scramble Egg（炒蛋）後，再淋上芥末子美乃滋更好吃。加賀想起自己的父親，想像著他大概連Scramble Egg這個字，還有芥末子美乃滋都沒聽過吧。

喝完飲料後，加賀沿著來時路折返；老夫婦仍坐在涼亭內聊天。加賀聽著身後他們的談話，慢慢走進林子裡，感覺也不壞。

走出公園之前，他突然停下腳步。因爲他想起來先前在這裡遇到那兩名打軟式網球的女中學生。那時他才知道網球充氣球這種器具。

等一下——

加賀再次回想當時的狀況。他看到之後，對充氣球產生興趣，請女中學生借他看看。

加賀腦海中浮現一個可能性。這個想法將能一舉突破至今無法解決的所有疑惑。

不對，怎麼可能——他輕輕搖了下頭。怎麼想都不可能，一定是自己想太多。

他心想，這個想法不可能。

他走出公園後，快步朝車站走去。

當天加賀有些事必須回警視廳總部處理。他在石神井公園車站等候，廣播通知下一班列車是前往池袋的快車。搭上這班車的話，途中不停靠其他站，可直達池袋。

路上會經過富士見台啊——他出神地想著，視線自然地望向遠方。隔著高爾夫球練習場網子的另一端，是一片開闊的灰色天空。

不一會兒，快車駛進月台。加賀站在打開的門邊，等著其他乘客下車。就在他一腳準備踏進車廂時，臨時改變了心意。他收起腳步，離開了車門邊。原先排在他後方的中年女子，上車之後一臉詫異看著他。

等列車門一關上，快車駛離月台後，加賀吁了口氣，抬頭看下一班車的時刻表。看板上顯示下班車是往池袋方向的普通車。

搭上普通車到富士見台站下車後，他在車站附近徘徊尋找水果行。看到一家有著玻璃櫥窗的水果禮盒專賣店，他在店裡買了一盒草莓。形狀、大小都在水準以上的草莓滿滿塞了一盒。

加賀帶著草莓走向未緒的住處。之前曾經送過她幾次，還有一次是爲了調查葉瑠子的物品進入屋內。但今天的感覺似乎和平常有些不同，心情不太安穩。

他摁了門鈴，卻無人回應。心想她或許是外出了，但隨即又覺得不太可能。他又試著多摁一次，心想說不定她在休息。眞是這樣的話，就別打擾她吧。

不過，還是無人應答。

加賀一瞬間猶豫著該怎麼辦才好，還是決定放棄了。就在他打算離開時，背後響起「喀嚓」一聲開門聲。

加賀停下腳步轉過頭，只見門大約拉開了二十公分的門縫，露出未緒的臉。她一看到是加賀，驚訝之下忍不住微微張開嘴。

「加賀先生……」

「妳醒著嗎？」

加賀說著，轉身往回走。房門又打開了些，他看到未緒身穿淺藍色休閒衫，搭一件牛仔裙。

「你怎麼會過來？」她問道。

「我聽說妳病倒了，不要緊吧？」

聽加賀這麼說，她先是眼神低垂，之後又抬起頭看著他。

「嗯，沒事了。只是不太舒服……加賀先生就因爲這樣專程跑一趟嗎？」

「也沒那麼專程啦。」

加賀露出微笑，然後想起自己手上的草莓，遞給她說，「這個，妳吃吃看。看起來很好吃。」

「啊。」

她收下了那盒草莓，卻似乎一時之間想不出該怎麼道謝，只是看看草莓，又望著加賀。大概是太過意外了吧。

「我先告辭了。」

加賀點頭致意後，轉身便離開，或許是情緒有些激動，自然而然加快了腳步。直到聽見未緒的一聲「加賀先生！」才讓他停下來。

他站在原地，轉過頭回答，「是！」

未緒維持打開門的姿勢看著他。但兩人眼神一交會，她就將頭轉向右側，又看看手上的草莓。然後以幾近平板毫無頓挫的聲音說，「可以陪我一下子嗎？」

加賀一瞬語塞。接著指指自己的胸口問：

「我留下來方便嗎？」

她輕輕點了頭，將門打開，小聲說道，「請進。」

加賀進到屋內，未緒請他在客廳裡的小沙發坐下。粉橘色的小沙發上放著兩個手工製的座墊。一個上面刺著「MIO」，另一個刺著「HARUKO」的字樣。

「是誰做的呢？」

他低聲詢問，但在廚房沖咖啡的未緒似乎沒聽到。

客廳中有張玻璃材質的矮茶几，上面隨意放了十幾卷錄音帶。幾乎全是古典樂，也有《睡美人》、《天鵝湖》等。旁邊的小櫃子上有一台迷你音響，上頭插著耳機。加賀也了解，像這樣聽音樂是她少數的嗜好。

「不好意思，房間亂得很。」

未緒以托盤端著咖啡走來，發現加賀看到那些錄音帶，似乎覺得很難爲情，連忙收進櫃子裡。

「不要緊。倒是妳，要不要放點音樂呢？」

加賀以拇指比了一下音響，她卻搖搖頭。

「沒關係，不用了。」

「可是妳好像聽到一半吧。」

「無所謂，只是想分心。」

「分心？」

「總之眞的沒關係。」

未緒將咖啡、砂糖、牛奶擺在加賀面前，屋裡頓時瀰漫著一股香味。「我喝黑咖啡就好。」他說。

「那個……」

兩人靜靜地享用了一會兒咖啡之後，未緒猶豫著開了口，「多謝你今天來一趟。」

加賀搖了搖手。

「我眞的只是想過來看看。吃吃草莓而已哦。」

她聽了之後總算露出微笑。

「那盒草莓是在車站前的水果行買的吧。那家的東西很貴呢。」

「因爲形狀、大小都有一定水準吧。不過啊，眞要比起來，還是那種看起來奇形怪狀的比較好吃。就是舊社區店裡賣的那種，用塑膠盒裝的，盒子上還有黑色麥克筆的標價。」

未緒聽了咯咯笑，「買那種的就好啦。」

「那下次買塑膠盒裝的。」

加賀喝著咖啡，環顧室內。未緒也跟著他的視線移動。

「有什麼不對嗎？」她有些擔心問道。

「沒有，沒什麼。只覺得這樣的年輕女孩住處實在太完美了，不但色彩豐富，還飄散著香味，而且整齊清潔。只不過傷腦筋的是，我待在這種房間老覺得不自在。」

「但先前不是來過一次了嗎？」

「辦案搜查時的心情不同啊，因爲有正當理由吧。總之，即使平常不太能若無其事進入的場所，只要是爲了辦案，心情上就變得毫不抗拒。」

「比方說？」未緒眼中帶著好奇。

「這個嘛。」他想了一下，「我就進過大學的女生宿舍廁所。」

「爲什麼會去那種地方？」

「有個男的偷偷摸摸潛入宿舍爲非作歹，就是從廁所窗戶出入的。」

「哎呀。」

未緒睜大了雙眼，「抓色狼也是加賀先生的工作嗎？」

「不是呀，當時我負責另一起凶殺案，我們推測兇手是個變態，所以一有類似的案件發生，也會趕去看看。」

「眞辛苦。感覺如何？」

「什麼？」

「女生宿舍的廁所。」

「該怎麼說呢。」加賀爲難地搔著頭，「嗯，只覺得原來就是這副樣子啊。不過，當時幾乎沒辦法進行現場鑑識，因爲在警方趕到之前，那些女孩子已經將廁所裡裡外外打掃過一遍啦，地板和窗戶擦得亮晶晶，我們連指紋、腳印都採不到。一走進去就被一陣強力的芳香劑薰得暈頭轉向，當然也是她們噴的。」

未緒開心得笑出聲。

「那些女孩的心情我能理解。不過刑警先生也眞辛苦。」

「這種事不算什麼。」加賀說道。

「其他還有很多有趣的經驗吧。」

「沒有，哪有什麼有趣，大多都是讓人不舒服的事。我們的工作就是這樣。」

加賀的語氣稍顯強烈，未緒突然愣了一下，之後就低著頭。

「……是啊。」她低喃著，雙手一邊搓著裙子下露出來的膝蓋，「工作不能當成遊戲嘛。」

語氣中帶著失望。這讓加賀覺得，自己回答得似乎不太得體。

「請問……爲什麼想留我進來坐？」

加賀客氣地問她。只見未緒左手貼著自己臉頰偏著頭，就像小孩子在想事情一樣。

「沒什麼。」她說，「只是今天……很希望有人能跟我說說話，而且只對我一個人說。」

接著她又輕聲說了一句，「不過，無所謂了。」

加賀啜了口咖啡，把杯子放回桌上後，轉身正面對著她。

「我講個頭骨的笑話給你聽吧。」他說，「我的前輩太田刑警，有一次帶著頭骨在東京到處走。因爲我們找到一具身分不詳的白骨，必須從牙齒治療的痕跡來調查，所以得四處走訪牙醫。頭骨放進盒子裡，外面以布巾包起來，結果前輩在電車上想把布巾上打的結重新綁好，沒想到頭骨一滾就滾到隔壁座位上。有趣的是，四周的乘客好像全看到了，卻沒有半個人有反應。我了解那些乘客的心情，因爲面前突然冒出一顆骷髏頭，根本不知道該露出什麼樣的表情吧。尤其帶著頭骨的還是名可疑男子，若無其事說著『哎呀，怎麼滾出來啦。』然後再把骷髏頭放回布巾內，更叫人感到詭異。大家只會想到，這是什麼莫名其妙的狀況。接下來，前輩拿著頭蓋骨去找牙醫師時也很好笑。幾乎所有牙醫師一看到頭骨都嚇得腿軟，這也難怪啦，一聽到要麻煩看看牙齒，任誰都會認爲是活人的牙齒，哪猜得到是骷髏頭的牙呢。但其中只有一位醫師，超級厲害的。那位醫師年紀很大，看起來就像普通的老爺爺，前輩把頭骨拿出來時，是頭骨的後腦杓對著他，老醫師看了就說，『哇！好大一顆牙齒呀！』前輩趕緊解釋，『不對啦，請看這一面。』說完將頭骨轉過正面，老醫師一看笑咪咪地說，『這麼一來就能一眼看到所有牙齒，輕鬆多啦。』好像挺開心的。」

加賀一口氣敘述完的同時，未緒兩次笑出聲。等到她的笑聲稍微平息之後，「這種故事如何？」加賀才問她。

「好有意思。」她回答，「謝謝你。」
「如果想聽一些格調不太高的，還有很多哦。」
她微笑著搖搖頭，「但都沒有頭骨的有趣吧？」
「這倒是。這麼好玩的確實不多。」
「光是聽過頭骨的笑話就夠了。」
未緒左手指甲輕輕搔著右手掌心，看看自己的手，又望著加賀的胸口，「加賀先生，你人眞好。」未緒有些難爲情地說。
「這還是第一次有女生這樣跟我說。」
加賀也有些靦腆。
「加賀先生，你有女朋友嗎？」
「現在沒有。」
「什麼意思？」
「那是很久以前的事了，大學一畢業就跟先前交往的女友分手了。」加賀坦言，「那個女孩子長得很漂亮，又聰明，個性獨立。」
「眞羨慕。」
「那個女孩學茶道，我也略懂一二，因爲這樣而熟了起來。我們從高中時就交往。她現在在出版社工作，算是所謂的女強人吧。」

「那她一定懂很多嘍。」

未緒的語氣顯得有些低落，直盯著自己指甲。

「可能吧。」加賀回答，「不過我們已經好幾年沒見了，我也不太了解。」

未緒沒再說什麼。

加賀看看時鐘，才發現時間已經很晚了，他連忙起身，謝謝未緒招待的咖啡。

「我才不好意思呢。」

她在玄關送客時說。

「別這麼說。重要的是加油扮好佛洛麗娜公主哦，公演是後天吧。」

「好的。」她小聲回答。

7

離開未緒的住處後，加賀從富士見台車站搭上電車。過了黃昏的尖峰時段，往東京都鬧區的電車也空了，加賀可以悠閒地找個座位。

他想著，未緒今天為什麼希望自己陪她呢？而且還這麼積極地要他說些趣事呢？

很想聽聽有人跟我說說話——

他思索這句話的意思，目的到底是什麼？

加賀不經意張望著車內，發現一名女子面對斜前方的車門站著。她身穿羽狀花紋的連身洋裝，一頭烏黑亮麗的長髮留到背部中央。

眞像，加賀心想。不是像未緒，而是剛才話題中談到的昔日戀人。但這並非特殊的巧合，只因爲才提及不久，自然會特別注意感覺類似的女子。身材曼妙、一頭長髮的女孩，應該滿街數之不盡吧。

況且，她——加賀回想著前女友的身影，現在也未必還維持相同的外表。隨著歲月流逝，身體和心理都會出現各種變化吧。

加賀想像著，如果現在遇到她，她會怎麼談論自己和未緒呢？大概會說，沒想到加賀會對這種類型的女孩心動呢。或者她也可能說，原來你想找的是我所沒有的特質。

長髮女子在下一站下車。車門關上，電車再次駛動時，加賀看到了女子的長相。跟他的前女友一點都不像。

本來就是這樣嘛，他露出苦笑。

然而，他的表情在下一瞬間突然僵住。

難道，我們犯了意想不到的錯誤嗎？——他感覺到自己的心跳不斷加速，全身血液直往腦門衝。

當晚加賀回到住處後，連領帶都還來不及鬆開就抓起電話話筒。打公用電話似乎得講很久，在警局講又擔心隔牆有耳，只好一直忍耐到回家。

他熟練地按下一串號碼，在響過嘟嘟嘟三聲之後，傳來對方接起話筒的聲音。

「喂，我是加賀。」

他聽見父親獨具特色的嗓音。

「是我，恭一郎。」

「嗯。」父親應答。這是他們父子間一貫的互動。

「想請教一件事。」加賀說道。

8

橫濱市民會館面對海岸大道，是全縣數一數二的表演場地。不但安排上演的節目豐富多樣，還能容納兩千名觀眾。高柳芭蕾舞團在神奈川公演時，大多選在這個場地。

加賀在會館附近的山下公園閒晃，消磨時間等候開演。這一天不巧是個大陰天，脖子一帶冷颼颼的。但公園裡還是到處可見年輕男女或全家福。

六點一到，加賀來到會館前排隊入場，已經出現長長的隊伍。高柳芭蕾舞團很受歡迎，今天的門票也接近銷售一空吧。觀察一下觀眾年齡和性別，以結伴的年輕女性占壓倒性多數，然後是成群的中年婦人，或是帶著女兒的媽媽，鮮少見到兩名男子同行的，但一個大男人隻身前來的，就加賀所見，除了自己再也沒其他人。

他的座位在一樓中央附近，從右側數來第三個位子，旁邊就是出入口。加賀右側的兩個座位一開始沒人，等到快開演時才有兩名年輕女子跑來坐，似乎聽到其中一人說坐得太旁邊，看不清楚。

加賀看著兩個女孩，開口說不嫌棄的話可以跟她們換位子。想當然耳，她們倆露出狐疑的神情。

「其實我是會場工作人員。」加賀只好當場扯謊，「只是想確認一下最旁邊座位的音效和視野。」

這番謊話看來頗有效，她們和加賀換了座位。對她們來說，能換到稍微靠近中間的位子當然最好。

表演比預定的六點半略遲五分鐘後，正式開演。指揮在滿場掌聲中出現，優雅地揮起指揮棒，華麗的前奏悠揚響起。

布幕緩緩拉起，舞台上正準備展開盛宴。

加賀此時站起身。

他一走出去，站在走廊上的女性工作人員一臉詫異。發現他竟然想更進一步往後台走時，只得一把拉住他的手臂。

「這位觀眾，後方禁止進入。」

「別緊張。」

加賀向她出示警察手冊。女性工作人員總算鬆口氣放開他的手。高柳芭蕾舞團經歷的一連串案件，就算不是團內人員也都知曉。

加賀一進到後台，就感受到先前和東京演出時相同的緊張氣氛，身著戲服的舞者，臉上的表情就像準備赴戰場。

幾名舞者發現了加賀，卻沒露出什麼質疑的神情。大概這陣子也習慣有刑警盯梢吧。

加賀一路往內側前進，兩旁都是舞者休息室。由於大多數舞者都在序幕時就出場，目前休息室一片冷清。

加賀看到有扇門上貼著「高柳亞希子　淺岡未緒」的紙張，他左顧右盼之後輕輕敲了一下門。「請進。」裡頭傳來亞希子的聲音。

一看到加賀時，上好妝的亞希子眼中露出恐懼，接著她趕緊擠出微笑問道，「有什麼事嗎？」看得出來她全身僵硬。

「請繼續忙妳的，別在意我。」加賀說完走進房間。亞希子坐在鏡子前面，加賀站在她身後，兩人就透過鏡子面對面。

「看來準備工作告一段落了。」

「是的，馬上就輪到我出場。」

馬上，她似乎強調著這兩個字。的確，序幕並不長，沒有多少時間了。

「有幾件事想請教妳。」加賀說，「妳應該輕鬆就能回答得出。」

「什麼事？麻煩長話短說。」

「第一，」加賀看著鏡子裡的亞希子說，「風間對妳有什麼要求？」

她那雙在眼線襯托下顯得很大的眼睛，瞬間睜得更大，但她隨即輕輕搖了搖頭，「你說什麼？」她的聲音微微顫抖。

「是錢嗎？還是其他？」

加賀無視她的否認繼續追問，她仍然猛搖著頭。

「我眞的聽不懂你在說什麼。」

「不可能。」加賀說道，「妳應該聽得懂。不對，妳什麼都知道。妳不但知道，還對我說過，就是那個發生在紐約，舞者和繪畫留學生之間的苦戀故事。」

亞希子猛然吸了一口氣，接著緩緩呼出來，雙眼緊盯著加賀。

他接著說：

「妳說的那段森井靖子和青木一弘的故事，大體上都是眞的，只有最關鍵的部分不對。那就是主角的名字。愛上繪畫留學生的舞者，其實就是妳自己！但梶田先生在青木遭刺後，回答警方偵訊時說了青木的女友是森井靖子。至於原因，就是不想讓妳這個國際芭蕾舞界明日之星，在約翰·湯瑪斯先生面前有損形象。幸好妳和青木之間的交往幾乎沒其他人知道，這個情急之下撒的謊並沒被拆穿。」

「胡說八道。」

「不！這是眞的！」加賀說道，「所以風間利之才會來找妳。風間被殺的那個晚上，妳留在芭蕾舞團過夜吧。」

「不是，那天我是……」

「告訴我眞相吧。」加賀打斷她的話，「風間到底提出什麼要求？不是金錢或別的東西，他是要妳跟他一起去紐約——我說錯了嗎？」

看得出來亞希子倒抽一口氣。她不發一語，直盯著鏡中的自己。

「我是從青木留下來的畫作中聯想到的，他眞正的女友應該是妳才對。」加賀平靜說明，「很棒的一幅畫，妳也該看看。他畫了一名舞者在紐約街頭跳著舞，我們原先都以爲那是森井靖子。除了一開始聽到青木和靖子交往的事而造成先入爲主的原因之外，畫中的背影的確和她神似。但我們都忘了一點，那就是，她這陣子的體形是以妳爲範本，但四年前她根本還沒展開那麼嚴苛的節食計畫！」

那幅畫中的人物，跟妳一模一樣。加賀繼續說。

亞希子不作聲，但清楚感覺到她緊咬著牙。

「驚覺到這一點時，我曾想過風間會不會是妳殺的。」

亞希子聽加賀這麼說，立刻露出驚訝的表情。

「而葉瑠子只是爲了袒護妳才頂罪，但邏輯上說不通。爲什麼葉瑠子要犧牲自己呢？難道就爲了不願失去舞團中寶貴的首席舞者嗎？不是這樣的吧。」

說到這裡，他凝視著亞希子，「答案很簡單。其實我眞該早點察覺，有那麼多提示攤在眼前，我卻一個個忽視。不過，現在我有信心，能說出那天晚上高柳芭蕾舞團的辦公室裡到底發生了什麼事。」

說完之後，加賀對鏡子裡的亞希子深深行了一禮。

「說出來吧。妳若堅持保持沉默，其他人的痛苦就不可能消失，如此一來不但會深深傷害到其他人，我也會窮追不捨直到最後。對每個人來說，只會變成一場不幸的馬拉松。」

拜託妳，加賀請求著。

凝重的沉默迴蕩在兩人之間，舞台上響起《睡美人》的曲子。

「總之，我原先心想……」

她終於開了口，「總之，我原先心想先撐過今天的公演，接下來的事到時候再想。但靖子發生那種事，而且警方好像也相信了青木先生的女友就是她，我以爲可以平安無事過了這關……看來還是不能心存僥倖吶。」

加賀抬起頭。亞希子和他的眼神一接觸，又瞄了一下時鐘後說：

「你說的沒錯，我才是青木先生的女友。」

她先說了在紐約的狀況。

「之前妳說的那段森井靖子的愛情故事，其實都是妳自己的遭遇吧。」

亞希子點點頭。仔細想想，這也能解釋爲什麼她當時說那番話的表情會如此沉重。

「刺傷他的也是妳吧？」

亞希子一雙眼如泣如訴，「事情實在太突然。就在我們預定回國那一天，他找我出去，說是再見最後一面，哪曉得他另有目的。他拿著刀威脅我，把我關在旅館房間裡，要求我留下來。但是我對芭蕾舞實在無法割捨，我哭著請他原諒我。當他知道自己不可能說服我時，突然衝上來勒住我的脖子，我拚命搶過刀子，等到回過神來已經刺傷他。」

「這件事梶田先生也知道吧。」

「是的。我告訴家母和梶田老師，老師提議說他要留下來看看狀況。警方找上湯瑪斯老師時，梶田老師臨時說了靖子的名字，原因正如加賀先生你所推測，但梶田老師本來以爲馬上會被拆穿。因爲只要青木先生得救，他自然會說出眞相，若他最後不幸過世，警方一定會懷疑他的女友，到時也不可能請靖子幫這種忙。」

「幸好這個謊言沒被揭穿。」

「因爲青木先生幫忙圓謊，而且他也沒供出我的名字，我猜他是爲了我之後的舞者生涯著想吧。事情過了一陣子之後，梶田老師好像去找過他，問他當時爲什麼沒說出我的名字，聽說他回答至今還愛著我。」

亞希子說到這裡，輕輕嘆口氣，「他是個好人。如果我們在另一個時空環境下認識該有多好。」她低語著，「梶田老師臨走時好像拜託過他，如果警方問到他的女友是誰，請他說是『森井靖子』，他卻說不想回答。」

加賀心想，是男人的話都會這麼做吧。

「原來四年前在紐約發生過這件事。」

亞希子默默點頭。

「還成了這次案件的元兇。」

「可以這麼說。」

「麻煩說明一下，好嗎？」

加賀一這麼說，亞希子緊張地嚥了口口水。

「你說的沒錯，那天晚上我留在芭蕾舞團，原本打算多練習一會兒。」

她的口吻聽來堅定，帶著決心，「還沒換衣服前，我先進到辦公室，聽到玻璃窗上傳來叩叩的敲打聲。一看才發現有人在外面，是個先前從沒看過的人，我嚇了一跳，問他要做什麼。沒想到他大聲嚷嚷，說要找我談青木先生的事。我一聽到青木先生的名字，因爲怕被其他人看見，趕緊打開窗戶，結果那人就大搖大擺爬窗進來。之後的情景……就跟你猜的一樣，他要我和他一起去紐約。」

「他要妳去見青木先生吧？」

「是的。聽那個人——風間先生——說，青木先生寫了信給他，想把自己的作品全交給他處理，於是風間先生趕緊打電話問青木先生是怎麼回事，哪知道青木先生在電話裡說他打算自殺，因爲身心俱疲，再也不想活下去。風間先生爲了讓他燃起希望，答應要帶我到紐約去。所以風間先生希望我能同行，還說就算只見青木先生一面就離開也無妨。」

「但妳拒絕了。」

是的，她點點頭，「我不可能這麼做！就快公演了。再說，就算不是因爲演出……」

「風間怎麼說？」

「如果我不照他說的做，他就要把我和青木先生交往過的事公諸於世。我聽了只好答應他，他馬上撥電話給青木先生，要讓他聽聽我的聲音。不過，我看著風間先生打電話的模樣，還是覺得自己不能就這樣去紐約，所以在電話接通前就把他推開，將話筒掛上。結果他氣得要命，想衝上來抓住我，然後就拉住我的雙手扭打……」

「風間突然倒下——對吧。」

「是的……」

「攻擊風間頭部的是葉瑠子嗎？」

「……」

「不是吧。」

亞希子的表情顯示她不願意再多說。

「好吧。」加賀說道，「關於這一點，就只問到這邊，應該還有其他人該問，我也大概想像得到。對了，在柳生先生的飲料中下毒的是妳嗎？」

「不是。」亞希子回答，然後有些困惑地閉上嘴。

「不是妳吧。知道四年前那段往事的只剩一個人，就是高柳靜子女士。她也知道風間先生的事嗎？」

「沒有，我什麼都沒跟家母說。我猜她只是不希望有人調查四年前的事，所以才這麼做。」

但或許她也隱約察覺到了。——亞希子像是自言自語。

「那好吧，我暫時沒其他問題。時間也差不多了。」

如他所說，外面變得鬧烘烘。序幕似乎告一段落。

「謝謝，待會兒的演出請加油。」

加賀說完後走出房間。

未緒看到加賀從自己的休息室走出來，趕緊躲在暗處，直到確定他走掉之後，才打開休息室的門。

亞希子見到未緒，眼中帶著哀戚，不發一語，只輕輕搖了一下頭。這個動作說明了一切。

「沒希望了。」亞希子說，「果然行不通。那位刑警先生什麼都知道了。」

未緒點點頭。很意外地，她居然不怎麼感到失落。大概她也知道加賀遲早會拼湊出眞相。

「對不起啊，未緒。」

亞希子站起身，摟著未緒的肩，「妳努力保護了我，我卻沒能好好保護妳。」

「別這麼說。」未緒說，「這麼一來我就輕鬆了，因爲不需要繼續說謊了。」

「未緒……」

「眞的別介意。重要的是，我希望今天能在台上有最好的表現，當作自己一輩子的回憶。」

「嗯，是啊。爲了妳，我們要忘了一切展現最棒的舞姿！」

這句話讓未緒差點流下眼淚，但還是咬著牙忍了下來。

一切都從那一晚開始。

那天，結束平常的正規練習後，亞希子問未緒要不要留下來多練一會兒，未緒當然一口答應。《睡美人》演出在即，兩人都想盡可能找時間多練習。

芭蕾舞團建築物的鑰匙在亞希子身上。兩人先外出用餐，之後才回到練習室。

問題就出在此。

考量事發前後的狀況，看來風間一直跟蹤著兩人，大概是在等待亞希子落單的時機，但兩人卻始終在一起，最後還結伴回到舞團。

如果未緒也一起進到練習室的話，整件事的發展應該又不同了。但當時只有亞希子一個人走進舞團大樓，未緒則先繞去便利商店，沒和她一起。由於亞希子從室內上了鎖，因此把玄關鑰匙交給了未緒。

風間看到未緒離遠之後才走向建築物，但玄關上了鎖，他只好在建築物周圍晃蕩，試圖接觸到亞希子。最後果然如他所計畫，找到了人在辦公室裡的亞希子。

另一方面，未緒買完東西後回來，拿出鑰匙打開玄關門入內，這時卻聽見屋內傳來爭執聲。她躡手躡腳走近辦公室，朝裡頭窺探，發現一名陌生男子正襲擊亞希子。

未緒心想，得保護首席舞者才行！如果這時她有個三長兩短，自己最後的夢也將成爲泡影。

未緒眼光停留在那只金屬花瓶上，剛好就在男子背後。她蹲低身子潛進辦公室內拿起花瓶，雙手用力將花瓶往男子頭上揮去。

強大的反作用力道，衝擊著未緒的雙臂。

下一瞬間，男子整個人失去平衡，癱倒在地。

《睡美人》進入第一幕。飾演公主的亞希子展現絕美的舞姿，完全看不出來前一刻心情的激盪。但當她在台上飛舞的同時，加賀的眼光卻不自覺地看著她的後方，飾演精靈的未緒身上。她的舞姿愈可愛曼妙，愈讓加賀感到心痛。

他對未緒並非毫無懷疑。他也想過，假設葉瑠子是袒護他人，最可能的眞兇就是未緒。但相對地，這麼一來其實並不需要袒護，因爲葉瑠子只要主張自己是正當防衛，或者換作是未緒也是一樣道理，兩人都是年輕女孩，在這個條件上沒有兩樣。這麼一來，倒不如乾脆誠實以對。何況，再怎麼說，她們應該都無法眼睜睜看著好友當自己的代罪羔羊吧，眞正的朋友不可能容許這種事情發生的。

經過這番思考，加賀很早就消除了對未緒的懷疑。

至於他第一次對自己的想法產生困惑，是他前天走在石神井公園，想起了發現軟式網球時的那一幕。

先前加賀和未緒去看棒球賽那次，回程中曾問過她注射針的事，也就是有沒有看過周遭有人使用注射針。

假設她記得這件事，當她看到加賀發現充氣球而激動不已的模樣，會怎麼想呢？她一定也察覺到，充氣球的前端可以拿來當作注射針。

接下來，如果她知道周遭有誰持有軟式網球的充氣球——

森井靖子之死，最大的謎團就是動機。就算她害怕被警方抓到，爲什麼會在如此巧妙的時機知道警方已經快追查到她了？

如果未緒知道靖子手邊的確有充氣球，事情會如何發展？未緒應該也知道，殺害梶田的兇手就是靖子，而且不難想像警方也會根據相同線索，沒多久就能查到靖子。

未緒立刻通知靖子。在深夜走訪靖子住處，告訴靖子警方就快找上她了。未緒居住的富士見台和靖子住處所在的中村橋相距一站，步行有點辛苦，但騎自行車的話勉強能到。未緒住處大樓的一樓有一處停放場，可容納大量自行車。

靖子從未緒口中得知警方搜查的進度後，放棄掙扎決意自我了斷——

這部分就是加賀對未緒最初的懷疑。話說回來，若眞相是這樣，那也沒什麼，畢竟未緒這樣的行爲並不構成犯罪。

之後，加賀腦子裡又出現其他推論。那就是青木的女友不是靖子，很可能是亞希子。這個想法其實只是不經意地閃過腦海，卻能一舉釐清先前想不透的種種疑點。

最重大的突破就是出現了靖子殺害梶田的動機。假設靖子知道了亞希子在紐約的種種行爲全都被推到自己身上，會怎麼想呢？而且還發現肇因來自梶田。

靖子不惜改變自己的體形，爲的就是希望得到梶田的青睞，恐怕她也深信這是成爲名舞者的捷徑。但沒想到梶田早在四年前就出賣過她——

問題在於靖子怎麼會知道這件事。關於這一點，加賀也有一番想像，換句話說，風間很可能跟靖子碰過面了。

第一幕結束後，未緒等人回到後台。一進到休息室就看到先下台的亞希子已經很快補好妝。她接下來要連續在第二幕和第三幕出場，未緒因爲第二幕沒有戲分，可以先喘口氣。

「現在是最佳狀況。」亞希子說，「希望可以這樣保持到最後。」

未緒點點頭，脫下戲服。

她面對鏡子，想起上回公演的情景。就是梶田遇害身亡的當時。那起案件，未緒和亞希子其實也脫不了關係。

「有人放了怪東西在我皮包裡。」那天，到扶槓旁展開平衡練習前，亞希子來找未緒商量。她拿出一張小紙條，上面寫著：

「我知道風間的死跟妳們有關，不希望消息洩漏給警方的話，就乖乖照我說的做。」

接下來是莫名其妙的指示。就是必須在基礎平衡練習之前，拿半杯水潑在梶田的外套衣角。

「到底是怎麼回事？」

「不知道。」未緒也一臉納悶。發現有其他人知道風間之死的祕密固然令人發毛，但這張紙條上的要求也教人費解。

「總之，就先照著做吧。」亞希子這麼說，最後也的確在神不知鬼不覺下照做了。

正因爲有背後這段插曲，她們在發現梶田遇害時才會大受打擊，因爲完全想不出來到底是誰幹的。

然而，未緒還是在兩條線索下看出是靖子下的手。第一是亞希子列出的那份清單——「梶田的外套被弄溼時，需有不在場證明的人」。換句話說，想借亞希子的手潑溼外套，目的就是要製造自己的不在場證明。在那六個人之中也出現靖子的名字。

第二條線索就是軟式網球的充氣球。未緒從加賀當時發現的表情也洞悉了那就是用來當作行凶時的注射針。同時，她也想起先前到靖子家玩時，曾看過同樣的東西。

有了這兩條線索，未緒深信靖子就是兇手。

她隨即在當天晚上騎著自行車到靖子住處。沒搭計程車的理由很簡單，因爲她不敢在深夜裡和司機共處。

沒想到靖子一下子就承認了未緒的推論，坦言是她殺了梶田。

「因爲他出賣了我！」

靖子落下一顆顆淚水泣訴，「那個叫風間的人，其實也來找過我，因爲他想確認眞相。他問我，爲什麼我要對外謊稱是青木先生的女友。我聽了大吃一驚，根本不相信他的話，他之後又說了很多，但我還是不信。我那時是相信梶田老師的，他不但稱讚我的舞蹈，還說聽他的話就能成爲頂尖舞者。這樣的老師怎麼可能陷害我呢！」

「但是……」靖子交疊在胸口的手掌止不住顫抖。

「當我知道命案裡死掉的人就是風間，我心裡的堡壘就此崩潰。他的死一定牽涉到一些內情，而且既然會被殺死，表示他所說的全都是事實。太可惡了！我恨所有人！但最痛恨的就是梶田老師。我把一切都寄託在老師身上，他應該知道的……爲了爭取老師的關注，我拚了命節食，想讓自己的身材變得像亞希子一樣。我這到底算什麼！我……到最後不過是個幫人收拾殘局的替身嗎!?」

靖子趴倒在榻榻米上大哭，未緒不知道該說什麼來安慰她。又是一個悲哀的舞者，投入的賭注愈大，夢幻破滅時遭受的打擊也愈沉重。

哭了一會兒，靖子抬起頭，紅著一雙眼看著未緒。

「未緒，謝謝妳提醒我警方的搜查進度。妳是來勸我自首的吧。」

「嗯，不過……」

未緒直視著靖子，「我希望在下次橫濱公演結束之前，妳別說出眞相。我今天就是爲此來拜託妳的。」

「……什麼意思？」

未緒眼神嚴肅地看著一臉詫異的靖子。

「我也坦白告訴妳，風間是我殺的。而且，下次公演將是我最後一次站上舞台。」

第二幕的結尾是沉睡了百年的奧蘿拉公主，在王子的一吻中醒來。也因爲她睜開了雙眼，立刻喚醒整片沉睡的森林。

沉睡的森林，加賀心想，整個高柳芭蕾舞團正被困在蒼翠茂密的森林中。

青木一弘的女友是高柳亞希子——這項事實自然連結到風間是亞希子所殺的推論，但這樣邏輯上說不通。爲什麼葉瑠子要做這麼大的犧牲，爲亞希子頂罪？葉瑠子本身應該也是很有潛力的舞者，有夢想也有美好將來。

那麼，如果是中間出了什麼意外，導致葉瑠子誤殺了風間呢？但這種情況下，也不需要謊稱正當防衛，主張過失殺人不就行了嗎？照理說當時也在場的亞希子，爲了保住自己的祕密，也不會讓葉瑠子冒著高風險扯謊。

現在只剩下一個可能性，那就是犯下這起過失的是第三人。

這時，加賀的腦中又浮現未緒。

加賀重新仔細調查一次未緒和葉瑠子的關係，看看是否有遺漏之處，或是忘了什麼重點。

找到了！

其實這件事一不小心就被拋諸腦後。

葉瑠子出車禍的那次，當時同車的乘客就是淺岡未緒。

葉瑠子的腿受了傷，必須休養好一陣子。另一方面，未緒則是輕傷，隔天就能出院。

但加賀曾經看過好幾次，未緒的身體常冷不防出現異狀，據她自己的說法是貧血，但事實眞是這樣嗎？

加賀打了通電話給父親。想到他最近剛替友人兒子解決一件車禍案件，比較清楚這方面的事。加賀向父親敘述了未緒身體不適時的症狀。

「我沒辦法判斷，但的確有可能是車禍的後遺症。」

父親這麼回答，「人類大腦的構造很複雜，即使醫學再進步，還是有很多無法了解的部分。有時候檢查時顯示沒有異常，但之後會突然頭痛、耳鳴，這種病例不少，所以才常會引起糾紛。」

「都沒什麼明顯具體的特徵嗎？」

「就是沒有才辛苦。那些後遺症，有的人只是心理作用，但實際上也有人有事後視力減退的現象。」

「也就是症狀五花八門？」

「沒錯。也有只在下雨天時耳鳴的。」

「下雨天？」

加賀反問，「跟天氣也有關嗎？」

「有很大的關係。」父親說明，「後遺症中比較普遍的一項特徵，就是下雨天、快下雨時，還有季節交換時期，這種時候頭特別悶重。」

下雨天——

加賀查了一下未緒身體不適的那幾天天氣。沒錯！全都是雨天或陰天。回想起來，梶田告別式當天也下著雨，兩人還到了雨剛停的石神井公園。

加賀昨天一整天都在四處尋訪腦外科醫師，心想說不定能找到爲未緒看診的醫師，結果在某間綜合醫院的腦外科裡發現了她的病歷。

「我對她有印象。先前交代她要持續回診，後來卻沒看到她，不知道發生什麼事了。」

她的主治醫師納悶地回答。

「她是什麼樣的症狀？」加賀問道。

「她說突發性的耳鳴愈來愈嚴重，而且會有一段時間出現類似重聽的現象。我問她是不是發生過意外，她好像有難言之隱。我猜大概是自己開車不小心出車禍吧。」

加賀絕望地走出醫院。

耳朵嗎——

原來是這麼一回事，這下子終於解開了所有謎團。爲什麼她會跳到一半突然停下來，一定是因爲聽不到音樂，而非頭暈。

如果這樣的症狀持續惡化——

她房間裡的茶几上放著好多古典樂錄音帶。或許她想趁自己的耳朵還聽得見時，將這些美麗的樂音烙印在記憶中。

不止這樣，加賀又忍不住想起前幾天她說的那句話。很希望有人能跟我說說話，只對我一個人說。

爲了妳，要我說多少都行——

第三幕開始。即將接近尾聲了，未緒在心中立誓，一定要展現最優美的舞姿。

爲了這一天，不知道吃了多少苦，對葉瑠子有道不盡的感謝。那純粹只是一場不幸的車禍，實在不想讓葉瑠子最後得付出這樣的代價。

驚覺失手殺了風間利之後，未緒和亞希子都當場愣住，動彈不得。亞希子似乎搞不清楚發生什麼，未緒對自己做的事也還沒意會過來。

這時，葉瑠子回到辦公室。

她嚇了一大跳，問了事情原委，未緒卻茫然不知。於是亞希子娓娓敘述她和這名倒地男子的關係。

「我去自首。」

亞希子講完事情來龍去脈後，未緒顫抖著說，「只有這個辦法，這樣做最好。」

「那可不行。」葉瑠子說，「我不能讓妳自首。妳聽好，我來設法。」

「妳來設法，是說想到什麼好方法嗎？」亞希子問她。

「有。這方法如果順利的話，我也不會被定罪，更完美的是，說不定這個人和亞希子的關係也不會被查到。」

葉瑠子似乎想到什麼好辦法。

「但如果這個方法那麼好，我來扮演這個角色不就行了？」

未緒一說完，葉瑠子就緊抓著她的雙肩。

「不行！這個方法需要忍耐一段時間，而且會暫時失去自由。妳這時候出面的話，就不能演出佛洛麗娜公主了，妳不是把一切努力都寄託在這次公演上頭嗎！」

「葉瑠子……」

「別擺出苦瓜臉，我能爲妳做的，就只有這點小事，我從妳身上奪走了更寶貴的東西呀！」

好啦，趕快行動！葉瑠子對未緒和亞希子說，這裡就交給我處理。

那起正當防衛的案子，就是這樣捏造出來的。從警方始終查不出眞相也能看出，葉瑠子的處置有多巧妙。

當然，未緒也暗自下定決心，如果到時葉瑠子眞的不能無罪獲釋，她就準備自首。

謝謝妳，葉瑠子。——未緒低吟。

「嘿，未緒，輪到我們出場嘍。」

飾演青鳥的柳生低聲提醒身邊的未緒。

看著未緒在台上的身影，加賀眞想把這副情景烙印在眼簾。未緒跟著曲子的節拍，分毫不差，旋轉，跳躍，擺出姿勢。只見她頂著那張宛如洋娃娃的可愛臉孔，展現出超乎人類肢體的輕盈舞步，讓人看來甚至有種錯覺，以爲眞的是主角從繪本中走出來跳舞。但此刻台上的佛洛麗娜公主的確是未緒，就算可愛到不像是一般人類，依舊是活生生的未緒。

飾演青鳥的柳生跳躍。一次又一次，愈跳愈高。加油啊！加賀在心底祈禱。希望以你的最佳實力，將她在這個舞台上襯托得更加耀眼——

兩人共舞的絕美畫面，深深打動著加賀，他永遠也忘不了。

「老爸，其實我一直對那個女孩滿掛心的。」

他想起前天和父親的對話。就在他們談過車禍後遺症之後。

「你說那個可能有車禍後遺症的女孩子啊？」

「是啊。」加賀回答。

「嗯。」

「而且這女孩還可能是嫌犯。」

「嗯。」

「但我還是把她當個尋常女孩，爲她掛心。」

「這樣啊。」父親回答。

「所以我想保護她，也只有我才保護得了她。」

父親沉默了一會兒說，「我知道了。你要說的就這樣？」

「就這樣。」加賀回答。父親又停頓了一下，最後說，「嗯，我掛電話了。」

加賀看著未緒的身影，在心中反覆那天對父親說的話。想保護她——

在熱烈的掌聲中，未緒和柳生下台。加賀也猛力鼓掌。

他們下台之後，台上依舊持續一段段的舞蹈。加賀心想，或許之後再也看不到這樣幾近完美的芭蕾舞表演了吧。

最後一段是所有舞者同台演出，在前後三幕中出場過的角色齊聚舞台。

這將是未緒最後一段舞——加賀邊想邊找尋著佛洛麗娜的衣裳。

但是，他的視線在舞台的各處梭巡，就是沒找到她那身藍色衣衫。其他角色全都到齊熱舞，當然也包括青鳥柳生。

難道——加賀站起身來。難道她聽不見了嗎？

走出走廊後，加賀立刻飛奔到後台，只見一群舞台工作人員正在休息。

「佛洛麗娜公主呢？」加賀問道。

「哦哦，好像說腳痛，所以回到休息室了。」

「腳痛？」

加賀沒理會他們繼續往前跑，衝向未緒和亞希子的休息室，在房裡的卻是中野妙子。

「佛洛麗娜公主呢？」

「沒看到人呀。聽說她腳痛，所以我才過來想看看她的狀況。」

加賀走出房間後，在走廊上四處張望，發現通往後方出入口的門動了一下。他毫不猶豫走出那扇門，看到未緒蹲在狹窄的走廊上，身上那套佛洛麗娜公主的戲服還沒換下來，她雙手掩面不斷哭泣。加賀站在她身邊，等她停下來。

過了好一會兒，她抬起頭，發現是加賀站在身邊。她靜靜站起身，向他行了一禮。

「聽得見嗎？」加賀問她。她一聽到似乎有些驚訝，卻沒問他爲什麼知道這個祕密，只是回答他，「近一點就沒問題。」

「我看了妳的表演，眞的很精采。」
「加賀先生，請……請逮捕我。」
未緒紅著一雙眼凝視加賀。
「是啊。」說完後加賀拉起她的手。
「我要逮捕妳。」
「這下子總算能彌補我的罪過。這段日子感覺眞漫長。」
未緒說著，臉上卻露出異常安穩的表情。
「做錯事的確必須彌補。」加賀說，「但也需要公平的審判，對妳而言，遇上這起案件只是運氣不好。」
「加賀先生……」
未緒看著加賀，臉上的妝都哭花了。
「我會保護妳的。」他說。
「加賀先生……我，我不會忘了你的聲音。」
她哽咽著。加賀摟著她，低聲細語。
「不要緊的。耳朵的病我也會幫妳想辦法。」

他對著一身佛洛麗娜公主裝扮的未緒，靜靜獻上一吻。一個似乎能讓人覺醒的吻。

「因爲我愛妳。」

加賀緊緊抱住未緒。

解說

睡美人的夢，王子的吻

顏九笙

（本文涉及情節及謎底，未讀正文者請勿閱讀）

《沉睡的森林》就像東野圭吾的許多早期作品一樣，乍看就是很「單純」的推理小說：細心能幹的年輕刑警爲了追查案件，闖入另一個陌生的專業領域，還愛上身爲「圈內人」的命案關係人，最後發現眞相果然和該領域特有的愛恨情仇有關，不得不忍痛把値得同情的兇手逮捕到案。作者還很有誠意地安排了四個不同性質的案件，最後都有彼此相關的連貫解釋，結局雖然有點哀傷，卻不至於讓人睡不著——這不就是理想的床邊讀物嗎？看完就不用多想了。

但是，這個故事的大背景——古典芭蕾舞的世界，本身就提供了很有趣的思考空間。你本來對古典芭蕾舞有什麼感覺呢？

我本來是這樣想的：在現實世界裡，王子會禿頭，公主會離婚，只有在古典芭蕾舞的舞台上，公主與王子才有著童話中的輕盈與美麗；不過凡人要先在現實世界裡經歷一連串慘烈的競爭，才能蛻變成台上的明星。大家都說這個過程很殘酷，但這種殘酷似乎也變成一種浪漫的光環，更加凸顯「他們」和「我們普通人」的不同。

我剛讀完此書的時候，這種想法更是強烈。我對古典芭蕾舞者的訓練過程並不熟悉，所以找了別的資料想印證一下——結果某篇描述中國中央芭蕾舞團團員生活的文章，差點沒把我嚇死。舞者練到磨破腳、掉趾甲、爲了控制體重而挨餓都是家常便飯，即使非常努力了，還是有可能因爲體形或技術就是達不到要求，而必須退團；就算他們「成功」了，舞者的巔峰期也不會很長。那些過程「在我看來」異常痛苦，讀得我全身發軟，覺得以後連古典芭蕾演出都不想看了。

但是，當我語帶同情地和朋友聊起這件事的時候，卻被澆了一頭冷水。朋友很奸詐地問我：「妳（浪費賺錢和休息的時間）去寫（沒人看的）文章會覺得自己很偉大或者很可憐嗎？」當然是不會。雖然沒睡飽或者荒廢本業會焦慮，但這本來就是自作自受，當然沒什麼好說嘴的。接下來他又提醒我：「那妳想想，他們是被逼的嗎？是他們自己選擇這條路的吧？」我被問得啞口無言。是啊，這些人做出了選擇，他們想要跳舞，痛苦則是必須承受的副作用，他們也了然於心。我隨隨便便就「同情」他們，簡直像是一種侮辱。

從這個角度切入，高柳亞希子和淺岡未緒之間的對話就顯得更耐人尋味。未緒無意中表示，她「尊敬」有天分又比任何人都努力的亞希子：「妳爲了芭蕾舞犧牲了一切，才有今天的成績。」亞希子卻強烈地質疑：「假設有另一個人，跟我有著完全相同的體形，跳舞的技巧一模一樣，但幾乎沒做過任何犧牲，妳就不覺得這個人偉大了嗎？……犧牲其實沒那麼偉大啦。切割、捨棄，這樣就結束了。然後逃進芭蕾舞的世界裡。」亞希子說自己「逃進」芭蕾舞的世界，或許有幾分拋棄情人的歉意，甚至隱藏著對自己的質疑，但她很清楚，她就是割捨不了芭蕾舞，所謂的「犧牲」於她是理所當然的，未緒因此產生敬意反而奇怪，甚至令她感到不耐——但爲此生氣又太不近人情，亞希子終究只能百感交集地道謝。

未緒本來或許不懂亞希子的意思，但在她爲了保護亞希子（也爲了成全自己）而失手殺人，接著又讓葉瑠子暫時替自己頂罪的時候，她一定明白了。「犧牲」本身不見得就很值得尊敬，有時候只是顯示出個人的特定欲望是何等強大而盲目，壓倒了其他自然的需求，甚至瓦解了人的道德底線；結果也不一定能夠換取美好的果實，甚至可能只是欠了「自己」一筆債，將來還要加倍償還——森井靖子就是如此；她爲了讓自己的表現符合梶田的標準，不惜自我欺騙；乍然發現這一切不可能得到回報，她驚人的恨意吞噬了梶田，也斷送了她自己的性命。

這種微妙的心境，只有舞者能明白嗎？在小說中，不時有人指出芭蕾舞團是封閉的「另一個世界」，刑警太田甚至表示：「說穿了，他們的世界光靠彼此維繫就可完成。這種人呢，是沒辦法跟藝術之外的世界產生連結的。」加賀雖然覺得這是「偏見」，他卻也對未緒說，一般人不看芭蕾舞，因爲「能欣賞芭蕾舞的，只有那些在精神層面和經濟能力上比較寛裕的人」。他憧憬著舞台上的黑天鵝公主，但他與舞台下的未緒能彼此了解嗎？

這倒不是毫無希望。

在某一次交談時，加賀無意間透露他是劍道六段的程度——未緒大感佩服，加賀卻十分困窘，極力解釋「只是練的時間比較長，不值得特別一提」，因爲他怕得到「言過其實的稱讚」——他自稱只是「依慣性持續下去而已，當了警察之後也沒有中斷」，似乎與喜好無關。在加賀看來，這只是「理所當然」的結果，花時間累積就會得到。但對未緒來說，沒有賭命奉獻的熱情或是持續鍛鍊，「還是很了不起」。他爲什麼會花下那些時間呢？這仍然是選擇的結果，他也必然付出了一些代價。

如果回想自己與劍道之間的關係，加賀必定能夠多少理解未緒做爲舞者的想法與選擇——到最後，他也的確領悟了這些事件的動機，因此破解了眞相。

故事的最後一幕，乍看顯得有點濫情：加賀獨自到後台逮捕再度喪失大半聽力的未緒，靜靜地獻上「一個似乎能讓人覺醒的吻」，並且告白他對未緒的愛。這顯然是王子用來「拯救」睡美人的吻，也呼應這本小說原來的標題。如果直接從表面上解釋，就是刑警王子打破芭蕾舞世界的魔咒，讓公主醒來面對他的愛，還有她的罪。但是，公主早就知道自己遲早要醒來，她只是希望魔咒能夠拖延到夢做完的那一刻——她到底需不需要王子的拯救呢？

這個問題留給你。

本文作者介紹

顏九笙，推理文學研究會成員。其實我沒有辦法眞的爲了寫文章不睡覺，因爲不睡覺寫不出來。

國家圖書館出版品預行編目資料

沉睡的森林／東野圭吾著；葉韋利譯. -- 二版.
- 臺北市：獨步文化, 城邦文化事業股份有限
公司出版：英屬蓋曼群島商家庭傳媒股份有限
公司城邦分公司發行，民110, 07
面；　公分. --（東野圭吾作品集；24）
譯自：眠りの森
ISBN 978-986-5580-46-9（平裝）
978-986-5580-44-5 (EPUB)

861.57　　　110006411

東野圭吾作品集24 沉睡的森林

原著書名／眠りの森
原出版社／講談社
作者／東野圭吾
翻譯／葉韋利
責任編輯／張麗嫻
編輯總監／劉麗眞
事業群總經理／謝至平
榮譽社長／詹宏志
發行人／何飛鵬
出版／獨步文化
城邦文化事業股份有限公司
115 台北市南港區昆陽街16號4樓
電話：(02) 2500-7696　傳眞：(02) 2500-1951
發行／英屬蓋曼群島商家庭傳媒股份有限公司
城邦分公司
115 台北市南港區昆陽街16號8樓
讀者服務專線：(02) 2500-7718; 2500-7719
24小時傳眞服務：(02) 2500-1990; 2500-1991
服務時間：週一至週五上午09：30-12：00; 下午13：30-17：00
讀者服務信箱E-mail：service@readingclub.com.tw
劃撥帳號／19863813
戶名／書虫股份有限公司
香港發行所／城邦（香港）出版集團有限公司
香港九龍土瓜灣土瓜灣道86號順聯工業大廈6樓A室
電話：(852) 25086231　傳眞：(852) 25789337
E-mail: hkcite@biznetvigator.com
馬新發行所／城邦（馬新）出版集團Cite（M）Sdn. Bhd.（458372U）
41, Jalan Radin Anum, Bandar Baru Seri Petaling,
57000 Kuala Lumpur, Malaysia.
電話：603-9056 3833　傳眞：(603) 9056 2833
封面設計／蕭旭芳
排版／陳瑜安
印刷／中原造像股份有限公司
□2010年8月初版
□2021年7月二版
□2024年7月3日二版三刷
售價／360元
Printed in Taiwan
NEMURI NO MORI

ISBN 978-986-5580-46-9
978-986-5580-44-5（EPUB）

城邦讀書花園
www.cite.com.tw